封魔録

봉마록

⑥ 마신재림(魔神再臨)

기억의 주인 신무혐 장편 소설

封魔錄
봉마록

〈완결〉

목차

1장
남궁영재

숲길 사이로 남궁영재의 모습이 보였다.

바로 옆에 예상대로 남궁태가 함께하고 있었고, 그 뒤로 여섯 명의 일행이 더 따르고 있었다.

담천의 시선이 남궁태를 향했다.

놈 역시 초씨세가의 멸문에 직접 관여했다.

바로 그가 양화와 만나던 복면인이었기 때문이다.

남궁영재 못지않게 반드시 죽여야 할 자다.

남궁태를 노려보던 담천의 시선이 그 뒤로 향했다.

남궁세가의 무사로 보이는 여섯 인물은 모두 머리에 죽립을 쓰고 있어 얼굴을 알아볼 수 없었다.

'호위들인가?'

담천이 눈살을 찌푸렸다.

천혜린의 이야기론 남궁태 외에 다른 호위를 대동하지 않는다 했는데, 생각보다 많은 인원이 나타난 것이다.

혹시라도 놈들이 마귀라면 무척 귀찮은 일이었다.

하지만 다행히도 명륜안이나 가슴의 문양에서는 아무런 반응도 느껴지지 않았다.

그렇다면 일반 호위들일 가능성이 높았다.

아무래도 요즘 의창의 분위기가 심상치 않은 터라 평상 시보다 더 많은 호위들을 대동한 듯했다.

'어차피 호위들은 있으나 마나!'

남궁태를 제외하면 남궁영재를 해치우는 데 걸림돌이 될 존재들은 없었다.

해륜과 원무 일행이 남궁태와 호위들을 맡아 준다면 결국 담천은 남궁영재만 상대하면 되는 것이다.

'놈!'

남궁영재를 바라보는 담천의 두 눈에서 살기가 뿜어져 나왔다.

드디어 그토록 찾아 헤매던 원수놈과 마주하게 된 것이다.

억울하게 죽어 간 초씨세가 사람들의 한을 갚아 줄 천고의 기회였다.

"남궁영재는 내가 맡겠소. 나머지를 부탁하오!"

암혼기를 온몸 가득 끌어 올린 담천이 남궁영재를 향해 바람처럼 몸을 날렸다.

  "웬 놈이냐!"

  갑자기 튀어나온 담천과 그 일행을 발견한 남궁태가 깜짝 놀라 소리쳤다.

  뒤따르던 호위들 역시 갑작스러운 사태에 급히 무기를 꺼내 들고 남궁영재의 앞을 막아섰다.

  남궁태는 잔뜩 찡그린 얼굴로 담천 일행을 노려보고 있었다.

  그렇지 않아도 최근 의창에서 벌어진 일련의 사태들 때문에 남궁세가 역시 긴장감이 높은 상태였다.

  한데 언뜻 보기에도 예사롭지 않은 담천 일행이 앞을 가로막았으니 며칠 동안 일어났던 사건들과 결부해서 생각할 수밖에 없는 것이다.

  반면 남궁영재는 의외로 침착한 얼굴로 담천 일행을 바라봤다.

  "복면을 쓴 것을 보니 요즘 의창에 나타나 난동을 부리고 있는 흑의인과 같은 무리인 것이냐?"

  남궁영재의 목소리에서는 조금의 긴장도 느껴지지 않았다.

  담천은 아무런 말도 없이 살기 어린 눈빛으로 남궁영재를 노려봤다.

당장에 그의 머릿속에는 어떻게 해야 남궁영재에게 가장 고통스러운 죽음을 맞이하게 할 수 있을까 하는 생각으로 가득 차, 그 어떤 이야기도 귀에 들어오지 않았던 것이다.

"대답이 없는 것을 보니 맞는 모양이군."

남궁영재가 씨익 웃음을 지었다.

"모두 목숨을 걸고 공자님을 지켜라!"

담천이 문제의 복면인이라는 사실을 들은 남궁태가 긴장한 얼굴로 소리쳤다.

그 모습을 지켜보던 해명이 앞으로 나섰다.

"호위들은 들으시오! 그자는 남궁영재가 아니오! 마귀 놈이 남궁영재의 탈을 쓴 것이오! 우리는 단지 마귀를 잡으러 온 것이니 무고한 이들을 해치고 싶지 않소! 하니 놈과 한통속이 아니라면 모두 물러서시오!"

권속이나 마귀들의 사악한 기운이 전혀 느껴지지 않는 것으로 보아 남궁태와 호위들은 인간임이 분명했다.

그들은 그저 남궁세가의 무사들로 본연의 임무를 수행하고 있을 뿐 남궁영재가 진마라는 사실은 모를 가능성이 컸다.

아무런 죄도 없는 인간의 목숨을 빼앗을 수는 없었던 것이다.

하지만 해명의 경고는 오히려 호위들을 더욱 자극하고

말았다.

남궁영재가 진마라니 그들로서는 너무도 허무맹랑한 이야기였기 때문이다.

"이런 쳐 죽일 놈들! 겁도 없이 남궁세가의 행사를 막아선 것도 모자라 이젠 어처구니없는 이야기로 공자님까지 모함하다니, 도저히 용서할 수가 없구나! 뭣들 하느냐! 당장 놈들을 잡아라!"

아니나 다를까 남궁태가 분노한 얼굴로 호위들에게 공격을 지시했다.

잔뜩 독이 오른 호위대가 곧장 담천 일행을 향해 몸을 날렸다.

"젠장! 어쩔 수 없지! 우리를 원망하지 마시오!"

해명이 눈살을 찌푸리며 진언을 외웠다.

화르륵!

해명이 던진 다섯 장의 부적이 허공에서 빛을 뿜어내자 달려드는 호위대 앞쪽으로 거대한 불의 장벽(障壁)이 생겨났다.

"엇! 놈들이 사술을 쓴다!"

놀란 호위들이 움직임을 멈추고 주춤 뒤로 물러섰다.

"흥! 네놈들이야말로 마귀와 관계가 있는 것이 분명하구나!"

해명의 술법이 범상치 않자 남궁태가 움직였다.

일반 호위들은 마귀들을 상대할 수 없다는 사실을 알고 있었기 때문이다.

동시에 담천이 남궁영재를 향해 신형을 날렸다.

남궁태가 비록 문제의 복면인이라고는 하나, 담천이 살펴본 바 인간임이 분명했다.

물론, 놈이 술법을 사용할 가능성도 있었으나, 해명과 원무, 해륜의 실력이라면 충분히 막을 수 있다 믿었기에 자신은 곧장 남궁영재를 향한 것이다.

남궁태가 깜짝 놀라 막으려 했으나 담천의 빠른 움직임을 따라잡기에는 역부족이었다.

담천은 남궁태가 미처 돌아서기도 전에 이미 남궁영재의 지척에 다다라 있었다.

어느새 담천의 오른손에는 천령검이 들려 있었다.

그러나 담천이 코앞까지 다가왔음에도 남궁영재의 얼굴에서는 전혀 긴장을 찾아볼 수 없었다.

"흥!"

코웃음을 친 담천이 그대로 검을 뻗었다.

스윽!

순간 남궁영재의 몸이 미끄러지듯 뒤로 밀려났다.

마치 유령과도 같은 움직임에 담천의 검은 빈 허공을 격하고 말았다.

"후후, 마귀 놈들 몇 잡았다고 나를 너무 우습게 보는구나."

어느새 검을 빼어 든 남궁영재의 입가에 비릿한 미소가 걸렸다.

담천은 분노를 억누르고 마음을 차분하게 가라앉혔다.

놈은 진마.

게다가 그동안 담천이 상대해 왔던 진마들과는 달리 본연의 실력을 모두 발휘할 수 있는 상태였다.

부상을 당한 혼마와의 대결에서도 상당히 고전했었음을 생각해 보면 아무리 혼마와 염마의 기운을 흡수한 담천이라 해도 승부를 장담할 수 없는 것이다.

냉정하고 신중하게 모든 것을 발휘해야 했다.

마음을 단단히 먹은 담천이 즉시 천령검에 암혼기를 주입했다.

쉬아아악!

담천이 천령검을 탄력 있게 튕겨 내자 검끝에서 한 줄기 암혼기가 남궁영재를 향해 날카롭게 쏘아져 나갔다.

풍운십이검 팔 초식 풍검탄섬(風劍彈閃)이 펼쳐진 것이다.

따당!

재빨리 검을 들어 암혼기를 튕겨 낸 남궁영재의 눈에 놀람이 어렸다.

원거리를 격해 쏘아 낸 담천의 공격이 생각보다 강력했

기 때문이다.

"제법이구나! 하지만 오늘 네놈은 이곳을 살아 나가지 못할 것이다!"

남궁영재가 의미심장한 눈빛으로 입꼬리를 말아 올렸다.

콰아아아앙!

순간 담천의 뒤쪽에서 거대한 폭발음이 터져 나왔다.

바로 호위들과 담천의 일행이 맞서고 있는 곳이었다.

깜짝 놀란 담천이 급히 고개를 돌려보니 그곳에는 뜻밖의 광경이 펼쳐져 있었다.

해명이 낭패한 모습으로 엉거주춤 뒤로 물러서 있었고, 그 앞에는 죽립을 깊숙이 눌러쓴 호위 한 명이 몸을 허공에 띄운 채 버티고 서 있었던 것이다.

'한낱 호위가 해명을?'

해명은 어지간한 마귀들은 제압할 수 있는 실력을 가지고 있었다.

한데 남궁태도 아닌 일개 호위가 해명의 화벽을 단숨에 깨뜨리고 오히려 타격을 주다니 불가능한 일이었다.

담천이 고개를 돌려 남궁영재를 노려봤다.

여유로운 미소가 걸린 표정을 보아 분명 놈이 무슨 수작을 부린 것이 틀림없으리라.

남궁태와 호위들의 얼굴에도 당혹스러운 표정이 역력한

것으로 보아 그들 역시 놈의 정체를 알지 못하는 듯했다.

"후후. 네놈들이 설치고 다니는 것을 빤히 알고도 내가 아무런 준비도 없이 움직였을 거라 생각한 것은 아니겠지? 만일 그렇다면 참으로 실망이군그래."

남궁영재가 조소를 날리며 비아냥거렸다.

동시에 허공에 떠 있던 호위가 죽립을 벗어 던졌다.

죽립이 사라지고 드러난 호위의 정체는 놀랍게도 여인이었다.

그것도 천하에 보기 드문 절세 미녀.

그녀의 정체는 바로 얼마 전 남궁영재를 만났던 만귀비, 즉, 음마였던 것이다.

"천사궁과 수불도의 실력도 옛날 같지 않은 모양이구나. 기껏 이런 애송이들만 보내다니."

해명과 일행의 술법을 보고 그들의 정체를 알아차린 만귀비가 입꼬리를 말아 올렸다.

화아아악!

동시에 그녀의 몸을 중심으로 막대한 기운이 사방으로 퍼져 나갔다.

"진마!"

담천의 표정이 딱딱하게 굳었다.

힘을 드러낸 만귀비의 기세는 혼마보다도 오히려 윗줄이었던 것이다.

그것은 곧 그녀가 남궁영재와 같은 진마라는 이야기였다.

"대, 대공자님! 이 여인은 대체……."

남궁태가 혼란스러운 표정으로 만귀비와 남궁영재를 번갈아 바라봤다.

그 역시 만귀비가 자신들의 일행에 끼어 있었음을 알지 못했기 때문이다.

"일단 귀찮은 것들부터 정리해 볼까?"

번쩍!

순간 만귀비의 눈에서 섬광이 터져 나왔다.

끼이이이이잉!

그러자 귀를 후벼 파는 듯한 귀곡성이 울려 퍼졌다.

살짝 벌어진 만귀비의 입술에서는 인간의 것이라고 볼 수 없는 기괴한 소리가 흘러나왔다.

"탈혼음(奪魂音)이다! 모두 정신을 바짝 차려!"

해명이 다섯 장의 부적을 태우며 급히 소리쳤다.

탈혼음은 대상자에게 환상을 보게 하고, 이지를 빼앗아 시전자의 뜻대로 조정할 수 있도록 만드는 지독한 술법이었다.

의지가 약하거나 부동심에 도달하지 못한 이들은 순식간에 자아를 잃으며, 환상에 빠지게 된다.

해륜과 원무가 고통스러운 표정으로 진언을 외웠다.

다행히도 천사궁과 수불도의 제자들은 마귀들의 술법에 대한 저항력이 다른 사람들과 비교해 몇 배로 높았기에 간신히 버텨 내고는 있었으나, 그에 따른 고통이 그들의 온몸을 두들기고 있었다.

그에 비해 남궁영재와 함께 온 호위들은 이미 눈에서 초점이 사라져 있었다.

그들이 버텨 내기에는 만귀비의 탈혼음이 너무도 강력했기 때문이다.

"크윽! 대체……."

그나마 남궁태만이 탈혼음을 막아 내고 있었는데, 그역시 혼란스러운 현 상황 때문에 정신을 수습하기가 쉽지 않았다.

"죽. 어. 라."

만귀비의 입술 사이로 북해의 얼음처럼 차갑고 메마른 목소리가 흘러나왔다.

순간 놀랍게도 호위들이 검을 천천히 들어 올리더니 스스로의 심장을 찌르는 게 아닌가!

"이런! 안 돼!"

남궁태가 급히 몸을 움직여 막으려 했으나, 그 역시 몸을 제대로 가눌 수 없는 상황이었다.

투툭!

심장에 검이 박힌 호위들이 마치 짚단이 쓰러지듯 힘없

이 바닥으로 넘어졌다.

"크윽! 공자님! 대체 왜!"

남궁태가 고통스러운 얼굴로 절규했다.

그로서는 지금 상황이 너무도 혼란스러웠다.

호위들의 죽음을 보고도 남궁영재는 눈 하나 깜짝하지 않고 있었다.

그것은 그가 평소에 알고 있던 남궁영재의 모습이 결코 아니었던 것이다.

대의를 위해 수하들을 희생시키는 것은 단체를 이끄는 수장으로서 어쩔 수 없는 일이었으나, 이런 식은 절대 아니었다.

게다가 자신조차 정체를 모르는 저 소름끼치는 여인은 누구란 말인가.

남궁태가 두려운 눈으로 담천과 대치하고 있는 남궁영재를 바라봤다.

"늙은이도 이제 그만 죽어 줬으면 좋겠어."

푸욱!

순간 남궁태의 가슴을 뚫고 날카로운 물체가 튀어나왔다.

"커억!"

경악스러운 얼굴로 남궁태가 서서히 고개를 돌려 자신의 심장을 관통한 물체의 정체를 확인했다.

그 물체는 바로 길게 늘어난 만귀비의 손톱이었다.

만귀비의 손톱이 마치 칼날처럼 남궁태의 심장을 꿰뚫어 버린 것이다.

치이이익!

천이 쓸리는 듯한 소리와 함께 만귀비의 손톱이 가슴으로부터 빠져나가자 눈을 부릅뜬 남궁태의 육신이 서서히 무너져 내렸다.

이미 화경을 넘어선 절대 고수가 너무도 어이없는 죽음을 맞이한 것이다.

◉

한편, 해륜 일행의 위험을 보고 급하게 몸을 날리려던 담천은 남궁영재에게 가로막혔다.

"후후, 다른 놈들을 신경 쓸 틈이 있을까?"

담천이 이를 악물었다.

해명과 나머지 일행이 진마를 상대하기엔 무리였다.

하지만 그들을 구하기 위해서는 우선 남궁영재를 물리쳐야 했다.

현재로서는 자신이 최대한 빨리 남궁영재를 제압하고, 그때까지 일행이 버텨 주기만을 바라는 수밖에 없었다.

남궁영재를 이긴다는 보장조차 없는 현 상황에서는 쉽

지 않은 일이었다.

'젠장!'

마음이 다급해진 담천이 먼저 남궁영재를 공격했다.

번쩍!

일섬단일(一閃斷日)이 공간을 세로로 쪼갰다.

쩌엉!

일섬단일이 남궁영재의 검과 부딪히며 막대한 기파가 사방으로 퍼져 나갔다.

순간 담천의 신형이 연기처럼 사라졌다.

일섬단일을 펼침과 동시에 비설형(飛雪形)을 시전 한 것이다.

두 진마의 힘을 흡수한 담천이 펼친 비설형은 이전과는 차원이 달랐다.

진마인 남궁영재마저 담천의 움직임을 놓쳐 버릴 정도였다.

당황한 남궁영재가 급히 담천의 모습을 찾았다.

'허공?'

남궁영재가 재빨리 고개를 들어 올리는 순간이었다.

갑자기 아래쪽에서 섬뜩한 살기가 느껴졌다.

쉬아아악!

거의 바닥에 붙을 정도로 몸을 낮춘 담천이 어느새 남궁영재의 하체를 베어 온 것이다.

놀란 남궁영재가 온힘을 다하여 다급히 뒤쪽으로 몸을 날렸다.

스아악!

하지만 워낙에 빠른 담천의 검을 완전히 피할 수는 없었다.

천령검이 남궁영재의 허벅지를 길게 베고 지나갔다.

그리 깊은 상처는 아니고, 그저 스친 것에 불과했으나 진마인 남궁영재로서는 치욕적인 일이었다.

게다가 상처에서 전해져 오는 특이한 기운은 남궁영재의 기운과 몸 안에서 부딪히며 조금씩 잠식하고 있었다.

얼마 안 돼 몸 밖으로 몰아내기는 했으나, 만일 남궁영재가 진마가 아니었다면 기운이 몸에 들어온 것만으로도 상당한 타격을 받았을 것이 분명했다.

"이놈! 대체 정체가 무엇이냐!"

선기가 느껴지는데, 그것과는 또 달랐다.

진마의 마기를 갉아먹는 기운이 있다니 놀라운 일이었다.

천 년을 넘게 살아온 남궁영재로서도 처음 접하는 기운이었다.

하지만 미처 의문을 확인할 틈도 없이 천령검이 아래에서부터 위로 그의 몸을 양단해 왔다.

번쩍!

남궁영재가 혼란에 빠진 틈을 놓치지 않고 담천이 일섬 단일을 역으로 펼친 것이다.

　미처 대비하지 못한 남궁영재의 표정이 사색이 되었다.

　담천을 우습게 보고 방심하다 절체절명(絕體絕命)의 위기에 몰린 것이다.

　콰아아아앙!

　그때였다.

　막 천령검이 남궁영재의 신형을 반으로 가른다 싶은 순간, 놀랍게도 담천이 폭음과 함께 뒤로 튕겨져 나왔다.

　궤도가 비틀린 일섬단일은 남궁영재의 옆구리를 스치는데 그쳤다.

　"호호호. 방심을 하다니 그대답지 않은걸?"

　음마 만귀비가 남궁영재의 위기를 보고 광구(光球)를 날린 것이다.

　"크읙!"

　담천이 신음을 흘리며 만귀비를 노려보았다.

　남궁영재의 방심을 이용해 단숨에 해치울 수 있는 기회를 만귀비가 날린 것이다.

　만귀비 덕에 위험한 순간을 면한 남궁영재의 얼굴은 굴욕으로 인해 붉게 상기되어 있었다.

　진마인 자신이 일개 인간의 공격에 두 번이나 상처를 입고, 자칫 큰 위기를 맞이할 뻔했다는 사실에 분노한 것이다.

"고작 인간 따위가 감히!"

우우우우웅!

순간 사방으로 막대한 기파가 퍼져 나가며 남궁영재의 몸이 변하기 시작했다.

분노한 남궁영재가 본신을 드러내고 있는 것이다.

담천으로서는 엎친 데 덮친 격이었다.

이제 해명과 해륜 일행의 안위를 생각할 여유는 없었다.

오로지 남궁영재에게 모든 것을 집중해도 승부를 장담할 수 없었기 때문이다.

남궁영재의 본신은 붉은 기운으로 이루어진 한 마리 거대한 여우의 모습이었다.

바닥부터 머리까지 무려 일 장이 넘어가는 거대한 크기만으로도 보는 이들에게 위압감을 주고 있었다.

두 눈에서 사납게 뿜어져 나오는 광기와 붉은 화염과도 같이 이글거리는 털은 그가 왜 광마라 불리는지를 말해 주었다.

"네놈에게 진정한 지옥을 보여 주마!"

본 모습을 드러낸 남궁영재가 두 눈에서 섬뜩한 광망을 쏟아 내며 거대한 입을 벌리자, 그 안쪽에서 선홍빛 광구 (光球)가 생성되었다.

광구는 점점 짙어지더니 금방이라도 피가 뚝뚝 떨어져 내릴 것 같이 붉게 변했다.

어른 머리통 크기로 거대해진 광구가 담천을 향해 쏜살같이 쏘아져 왔다.

슈우우웅!

남궁영재의 입을 빠져나왔다 싶은 순간 광구는 어느새 담천의 눈앞에 도착해 있었다.

몸에 닿지도 않았는데 피부가 따갑게 느껴지는 것으로 보아 만일 직격 당하게 된다면 아무리 암혼기를 두른 담천이라 한들 온전하지 못할 것이 틀림없으리라.

담천은 즉시 비설형을 시전 했다.

담천의 몸이 마치 연체동물처럼 기이하게 꺾이며 바닥으로 미끄러졌다.

슈욱! 콰아아앙!

간발의 차이로 담천의 머리 위로 스치고 지나간 광구가 바닥을 터뜨리며 강력한 폭발을 일으켰다.

반경 다섯 장이 넘어가는 넓은 공간이 폭발에 휩쓸려 초토화가 되었다.

호위들과 남궁태의 시체는 흔적조차 남기지 못하고 순식간에 사라져 버렸다.

마치 태풍이 몰아치듯 무시무시한 후폭풍에 주변의 나무들은 뿌리 채 뽑혀 나갔다.

뒤에서 받쳐 주는 장두가 아니었다면 해명과 해륜, 원무 역시 뒤로 밀려났을 것이다.

광구의 어마어마한 위력에 담천의 얼굴이 딱딱하게 굳었다.

예상대로 남궁영재의 실력은 만만치 않았다.

하지만 이미 혈마의 무서움을 경험한 담천이기에 결코 놀라거나 위축되지 않았다.

어차피 상대는 진마.

그동안 싸워 왔던 그 어떤 존재보다도 강력한 적.

게다가 담천 역시 이제는 진마 못지않은 힘을 가지고 있었다.

담천이 미처 몸을 일으키기도 전에 두 번째 공격이 날아왔다.

슈슈슉!

이번에는 광구가 무려 세 개나 쏘아져 왔다.

하나는 담천의 정면을 향해 날아오고, 나머지 두 개는 좌우로 갈라져 담천이 피할 곳을 미리 점하고 있었다.

아직 몸을 일으키지 못한 담천으로서는 난감한 공격이었다.

'그렇다면 정면으로 부딪히는 수밖에!'

이를 악문 담천이 돌고래처럼 몸을 솟구쳐 일으키며 천령검을 십자로 두 번 휘둘렀다.

우드득!

무리한 움직임에 온몸의 근육과 뼈가 아우성쳤다.

동시에 초승달 모양의 기운 두 개가 대각선으로 엇갈려 천령검에서 쏘아져 나왔다.

실전에서는 처음 시도하는 풍운십이검의 십 초식인 신월첩파(新月疊波)였다.

혼마의 기운을 흡수한 뒤 사용할 수 있게 된 초식이었다.

사삭!

천령검의 궤도를 따라 마치 바람에 옷깃이 스치는 듯한 작은 소리가 일었으나 그 위력은 정반대였다.

쿠우우웅!

귀를 먹먹하게 만드는 폭발과 함께 담천을 정면으로 덮쳐 오던 광구가 쪼개져 나갔다.

눈을 재대로 뜰 수 없을 정도의 강력한 섬광과 열기를 뚫고 담천은 그대로 남궁영재를 향해 돌진했다.

폭발의 여파로 몸 여기저기 살점이 녹아내린 상태였으나 지금 이대로 물러선다면 결코 놈을 이길 수 없음을 본능적으로 느꼈기 때문이다.

'엇!'

막 폭발을 빠져나온 담천이 헛바람을 토해 냈다.

남궁영재의 모습이 보이지 않았던 것이다.

그때 담천은 머리 위쪽에서 섬뜩한 기운을 느꼈다.

'위!'

놀란 담천이 고개를 들 사이도 없이 그대로 바닥을 굴렀다.

콰아악!

거의 동시에 담천이 있던 자리를 어른 몸통만 한 남궁영재의 앞발이 할퀴고 지나갔다.

땅이 크게 울릴 정도로 강력한 일격에 담천의 몸이 허공으로 한 자나 떠올랐다.

하지만 담천은 미처 자세를 잡을 틈도 없이 천령검을 휘둘러야 했다.

어느새 남궁영재의 앞발이 다시 담천의 머리를 노리고 휘둘러 왔기 때문이다.

거대한 몸체에 어울리지 않는 놀랄 정도로 빠른 움직임이었다.

콰아앙!

폭음이 터져 나오며 담천의 신형이 뒤로 튕겨져 나갔다.

쿠쿠쿵!

무려 십여 장 가까이 날아간 담천의 육신은 일곱 그루의 나무를 부러뜨리고서야 땅에 처박혔다.

"크윽!"

담천이 신음을 흘리며 일어났다.

쉽지 않을 것이라 예상은 했으나 이렇듯 일방적으로 밀릴 것이라고는 생각도 못했다.

힘의 차이도 차이였지만, 놈의 속도가 담천을 능가하고 있었다.

그런데다 한번 선기를 놓치고 나니 반격은커녕 막고 피하기에만 급급한 상태가 된 것이다.

이대로는 승산이 없었다.

'배력공을 사용하는 수밖에!'

담천은 어쩔 수 없이 배력공을 사용하기로 결정했다.

또 다른 진마인 만귀비가 버티고 있는 상태에서 미리 배력공을 사용하는 것은 매우 위험한 일이었다.

배력공이 유지되는 시간 안에 만귀비까지 해치울 수 있다는 보장이 없었기 때문이다.

하지만 현재 상황은 그런 것을 따질 만큼 여유롭지 못했다.

이를 악문 담천이 암혼기를 잔뜩 끌어 올려 문양의 날개 부분에 밀어 넣었다.

우우우우웅!

온몸의 근육과 혈관, 경맥이 암혼기로 넘쳐 났다.

동시에 담천의 두 눈에서 섬광이 번뜩였다.

"놈! 무슨 수작이냐!"

막 담천을 향해 돌진해 오던 남궁영재가 심상치 않음을 느끼고 한꺼번에 다섯 개의 광구를 날렸다.

슈우우웅!

핏빛 광구들이 담천을 향해 쏘아져 왔다.

하나만으로도 반경 십오 장 정도를 초토화시켰던 광구가 무려 다섯 개나 날아오고 있었음에도 담천은 왠지 두려움이 느껴지지 않았다.

배력공 때문인지 얼마든지 막아 낼 수 있다는 자신감이 들었다.

담천은 피하지 않고 그대로 광구를 향해 돌진하며 풍운 십이검 칠 초 삭풍소월(朔風消月)을 시전 했다.

천령검으로부터 암혼기가 실처럼 일어나더니 회오리치며 거대한 기의 소용돌이를 형성했다.

쿠르르르릉!

암혼기의 소용돌이와 광구들이 부딪히며 섬광이 일었다.

번쩍!

콰아아앙!

다섯 개의 광구가 삭풍소월에 휩쓸려 터져 나갔다.

"이럴 수가! 실력을 숨겼구나!"

남궁영재의 눈을 부릅뜨며 소리쳤다.

방금 전까지만 해도 분명 담천의 능력은 자신에 비해

한 수 아래였다.

한데 어찌 된 일인지 갑자기 전혀 다른 사람이 된 것이다.

움직임이나 힘이 전보다 두 배는 더 빨라지고 강해진 듯했다.

마치 잠력이라도 폭발시킨 듯한 모습이었다.

"크르르르! 이놈! 그래도 소용없다!"

날카로운 이빨을 드러내며 남궁영재가 허공으로 몸을 띄웠다.

후우우웅!

순간 남궁영재의 몸체가 흐릿하게 분열하더니 순식간에 열 마리의 핏빛 여우가 담천을 둘러쌌다.

갑작스러운 상황에 담천이 움직임을 멈췄다.

'분신술?'

이야기 속에서나 나오던 술법을 직접 겪으니, 순간 당황할 수밖에 없었다.

몸길이만 오 장 가까이 되었던 본체와 달리 열 개의 분신은 황소 정도의 크기로 줄어들어 있었다.

하지만 그 하나하나는 모두 실체였다.

'흥! 모두 없애 버리면 그만일 터!'

담천은 배력공으로 인해 충만한 암혼기를 천령검에 가득 집어넣었다.

우우우웅!

천령검이 흥이 난다는 듯 검명을 울리며 진동했다.

[이제부터 제대로 상대해 주마!]

심상치 않은 담천의 기운을 느낀 열 개의 분신이 동시에 입을 열었다.

우오오오!

괴소(怪嘯)와 함께 담천을 둘러싼 열 마리 여우의 입에서 열 개의 광구가 형성되었다.

열 개나 되는 광구가 모두 담천 하나를 노리고 있었다.

담천은 당황하지 않고 감각을 최대한 끌어 올려 차분히 상황을 파악했다.

슈우우우웅!

파공음과 함께 열 개의 광구가 각기 다른 궤적을 그리며 빠른 속도로 쏘아져 왔다.

광구들은 담천이 움직일 수 있는 모든 공간을 장악하고 있었다.

담천의 눈이 깊게 가라앉았다.

어차피 피할 수는 없었다.

그렇다면 직접 막아 내는 수밖에 없는 것이다.

'잠깐!'

그때 담천의 머릿속에 한 가지 기억이 떠올랐다.

혈마의 강력했던 무기 적사(赤絲)였다.

수백, 수천 가닥의 붉은 실들이 겹겹이 중첩되어 서문 광천의 강력한 공격을 막아 내던 모습이 생각났던 것이다.

'만일 암혼기를 똑같이 사용할 수 있다면!'

그럴 수만 있다면 남궁영재의 광구 역시 얼마든지 막아낼 수 있을 것 같았다.

삼 단계를 넘어서면서 암혼기를 자유자재로 다룰 수 있는 상황이기에 충분히 가능한 일이었다.

담천은 지체하지 않고 암혼기를 향해 모든 정신을 집중했다.

의지가 일자 암혼기가 담천의 뜻에 따라 실 모양으로 변하기 시작했다.

스으으으!

실 모양으로 변한 암혼기는 곧 담천의 의념에 따라 몸 밖으로 빠져나왔다.

다음 순간 수십, 수백 가닥의 암혼기의 실들은 마치 살아 있는 듯 움직여 담천의 온몸을 고치처럼 감쌌다.

슈슈슉!

콰아아앙!

섬광과 함께 열 개의 광구가 암혼기의 고치를 직격했다.

광구가 폭발하는 것을 확인한 분신들의 입가에 동시에

회심의 미소가 걸렸다.

열 개의 광구에 직격당하고도 담천이 살아 있을 리 없다 여긴 것이다.

[후후후. 주제도 모르고 날뛰더니 꼴 좋······! 이게 무슨!]

그러나 조소를 날리던 분신들은 미처 말을 끝내지도 못하고 눈을 부릅뜨고 말았다.

폭발을 뚫고 담천이 무서운 속도로 돌진해 오고 있었던 것이다.

온몸을 둘러쌌던 암혼기의 고치는 어느새 사라져 있었지만 담천의 육신에는 그을린 자국만이 있을 뿐 별다른 상처가 없었다.

담천의 의도대로 암혼기의 실들이 광구를 막아 낸 것이다.

슈슈슈슈슉!

동시에 담천의 몸에서 솟아난 수십 가닥의 암혼기 줄기들이 전면의 다섯 분신을 덮쳤다.

촤촤촤촤촤!

암혼기의 줄기들은 당장이라도 분신들을 집어삼킬 듯 거침없이 돌진해 갔다.

[어림없다!]

하지만 호통 소리와 함께 암혼기의 목표가 된 다섯 분

신이 흐릿해지더니 마치 처음부터 그 자리에 없었던 것처럼 사라져 버렸다.

그러나 담천은 전혀 동요하지 않고 시선을 머리 위쪽으로 향했다.

그곳에는 크기가 다른 분신 배는 돼 보이는 분신 하나가 떠 있었다.

사라졌다 싶었던 다섯 개의 분신이 하나로 합쳐진 것이다.

담천은 배력공에 의해 한결 예민해진 감각으로 이미 그 사실을 알고 있었다.

이대로라면 다섯 분신을 노리던 암혼기의 실들은 아무것도 없는 허공만 때리게 될 것처럼 보였다.

게다가 남아 있는 나머지 분신들이 담천의 뒤를 덮치고 있었다.

분신들의 입에서 다섯 개의 광구가 쏘아져 나왔다.

하지만 담천은 전혀 막을 생각이 없는지 오로지 허공에 떠 있는 분신 하나에만 시선을 집중하고 있었다.

남궁영재의 눈가에 조소가 어렸다.

회심의 공격을 실패한 담천이 당황해서 어쩔 줄 모르고 있다 여긴 것이다.

다섯 광구들이 등에 작렬한다 싶은 순간이었다.

갑자기 담천의 신형이 직각으로 급격히 위로 솟아올랐다.

다섯 개의 광구들이 간발의 차로 담천의 발밑을 스치고 지나갔다.

슈슈슈슉!

동시에 목표를 잃은 듯했던 암혼기의 실들이 마치 살아 있는 듯 방향을 바꿔 다섯 개체가 합쳐진 남궁영재의 분신을 공격했다.

"엇!"

놀란 다섯 분신이 급히 몸을 틀어 담천의 뒤를 쫓았다.

하지만 광구만 믿고 속도를 늦춘 상태였던 터라 따라잡기가 쉽지 않았다.

다급함을 느낀 허공의 분신이 급히 앞쪽에 붉은 기운으로 이루어진 원형 방패를 소환했다.

파파파파팍!

암혼기의 실들이 방패를 뚫지 못하고 뒤로 튕겨 나갔다.

그때 천령검이 대각선으로 두 번 움직였다.

번쩍!

풍운십이검 중 담천이 현재 쓸 수 있는 가장 강력한 초식 신월첩파가 다시 한 번 모습을 드러낸 것이다.

십자 모양의 검기가 붉은 기운의 방패를 때렸다.

쩌어어억!

암혼기의 실에 의해 엷어진 방패가 허무하게 쪼개져 나

갔다.

그 틈을 놓치지 않고 담천이 으르렁거리는 분신의 목을 향해 천령검을 날렸다.

스걱!

분신의 머리통이 몸체와 분리되어 허공으로 떠올랐다.

그야말로 전광석화와 같은 빠르기에 미처 피하지도 못하고 그대로 목이 잘린 것이다.

파앗!

목을 잘린 분신이 연기처럼 흩어졌다.

[크아아아악! 이놈!]

남은 다섯 분신이 분노를 토해 냈다.

분신 하나 하나가 실체인 만큼 그 분신이 파괴되면 남궁영재도 그만큼 타격을 입게 되는 것이다.

그럼에도 불구하고 나머지 다섯 분신은 담천에게 섣불리 달려들지 못했다.

다섯 분신만으로는 배력공을 시전한 담천을 상대할 수 없었기 때문이다.

담천은 잠시 호흡을 가다듬었다.

다섯 분신을 해치우기 위해 조금은 무리를 한 상태였다.

담천을 둘러싼 남궁영재의 분신들이 만귀비 쪽을 살폈다.

다섯 개의 분신이 사라지며 제법 큰 타격을 입어 그녀가 돕지 않으면 담천을 상대하기 어려운 상황이었다.

만귀비는 여유롭게 해명 일행을 가지고 노는 중이었다.

남궁영재가 망설였다.

만귀비에게 도와달라 말하고 싶지만 그러기 위해선 자존심을 접어야 했다.

하지만 자존심 때문에 목숨까지 버릴 수는 없었다.

[장난은 그만하고, 당장 놈들을 해치우고 날 도와!]

결국, 결단을 내린 남궁영재가 만귀비에게 전음으로 도움을 요청했다.

☯

한편 만귀비는 느긋한 얼굴로 해명 일행을 농락하고 있었다.

만귀비의 칼날 같은 손톱은 길이가 자유자재로 늘어나며 해명 일행을 공격했다.

사아아악!

손톱의 궤적에 걸린 바위며 나무들이 마치 두부처럼 잘려 나갔다.

"오행강벽(五行强癖)!"

해명이 급히 진언을 외우며 열 장의 부적을 피와 함께

허공에 뿌렸다.

화아아악!

동시에 다섯 가지 색깔의 둥근 방어벽이 일행을 둘러쌌다.

천사궁의 비전인 오행강벽이 펼쳐진 것이다.

오행강벽은 목, 화, 수, 금, 토(木火金水土) 다섯 가지 기운을 불러 방어막을 만드는 술법으로 천사궁 내에서도 장로급 이상은 되어야 펼칠 수 있는 상승의 절기였다.

그만큼 해명의 실력이 뛰어나다는 반증이기도 했으나, 그의 얼굴 표정은 그리 좋지 못했다.

사실 오행강벽을 펼치기엔 아직 자신의 도력이 완벽하지 못했기 때문이다.

상황이 급박했기에 어쩔 수 없이 무리를 한 것이다.

"풍벽(風壁)! 화벽(火壁)!"

"대불성법연화(大佛聖法蓮花)!"

원무와 해륜 역시 사력을 다해 술법을 펼쳤다.

그들이 무너지면 담천은 진마 둘을 한꺼번에 상대해야 한다.

어떻게든 자신들이 만귀비에게 최대한 버텨 내야 그나마 실낱같은 희망이라도 생기는 것이다.

촤아아악!

카카카카칵!

만귀비는 마치 재미있는 놀잇감이라도 발견한 듯, 세 사람이 만든 방어막들을 하나씩 찢어발겼다.

"호호호! 그래도 제법 잘 버텨 내는구나?"

세 사람은 번갈아 가며 끊임없이 술법을 펼쳐 간신히 만귀비의 공격을 막아 내고 있었다.

하지만 그러기 위해서는 막대한 기운을 소모해야 했다.

세 사람의 이마에서 식은땀이 흘러내렸다.

"어디 조금 강도를 올려 볼까?"

만귀비의 눈에서 섬광이 번쩍 하더니 그녀의 머리 위로 어린아이 머리통만 한 녹색 광구가 형성되었다.

슈우우욱!

만귀비가 다시 한 번 손톱을 휘두르는 동시에 녹색 광구가 해명 일행이 버티고 있는 방어벽을 향해 쏘아져 갔다.

남궁영재가 날린 광구의 위력을 이미 확인한 세 사람의 얼굴이 창백해졌다.

만귀비의 그것 역시 남궁영재 못지않을 것이 분명했기 때문이다.

콰아아아앙!

해명 일행의 예상대로 광구는 단숨에 방어벽의 칠 할을 무용지물로 만들어 버렸다.

엷어진 방어벽을 만귀비의 섬뜩하도록 검붉은 손톱이

난자했다.

촤아아악!

세 사람의 술법으로 만들어진 방어벽이 단숨에 산산조
각이 나고, 시퍼렇게 날이 선 만귀비의 손톱이 해명 일행
을 덮쳤다.

일행의 안색이 창백해졌다.

'여기까지인가…….'

해륜이 눈을 질끈 감았다.

이제 자신을 비롯한 일행의 육신은 순식간에 조각이 나
리라.

퍼퍼퍼퍽!

'응?'

죽었다 생각했던 해륜이 어리둥절한 표정으로 실눈을
떴다.

둔탁한 소리는 들렸는데 몸에는 아무런 충격도 느껴지
지 않았다.

'가만! 둔탁한 소리?'

만귀비의 손톱에 난자되었다면 서걱대는 소리가 나야
했다.

한데 둔탁한 소리라니?

해륜이 급히 고개를 돌려 상황을 살폈다.

사형인 해명과 원무도 아무런 상처 없이 무사했다.

한데 뒤쪽을 바라보고 있는 그들의 표정이 무척 놀란 듯 보였다.

그들을 따라 즉시 시선을 돌린 해륜의 눈이 부릅떠졌다.

"아, 아프다! 장두 아프다!"

놀랍게도 장두가 세 사람을 감싼 채 만귀비의 손톱을 몸으로 받아 낸 것이다.

더욱 놀라운 것은 만귀비의 손톱이 장두의 몸을 절단하지 못했다는 사실이었다.

손톱은 장두의 몸에 제법 깊이 박혀 있었지만, 관통하거나 자르지는 못하고 있었다.

"호오……. 놀랍군! 나의 혈조(血爪)를 몸으로 막는 자가 있다니?"

만귀비가 흥미로운 표정으로 장두를 바라봤다.

스으으윽!

귀를 거슬리게 하는 소리와 함께 혈조가 장두의 몸을 빠져나가며 긴 상처를 남겼다.

하지만 신기하게도 장두의 몸에서는 피 한 방울 나지 않았다.

오히려 벌어진 상처에서 새살이 돋아나며 빠른 속도로 아물고 있었다.

만귀비의 눈이 반짝였다.

"어디 얼마나 더 막아 내는지 볼까?"

휘이이익!

촤아아악!

만귀비가 양손을 채찍처럼 휘두르기 시작했다.

열 개의 혈조가 번갈아 가며 장두를 난자했다.

스걱!

사악!

혈조가 스치고 지나갈 때마다 장두의 몸에 수도 없이 많은 상처가 생겨났다.

하지만 상처가 생기기 무섭게 원상태로 회복되고 있었다.

"아야! 아! 자, 장두 아프다! 그, 그만해라!"

장두가 고통에 움찔거리며 소리쳤다.

"호호호! 재미있는 장난감이 생겼구나!"

장두의 고통스러운 모습에 신이 난 만귀비가 교소를 터뜨렸다.

[장난은 그만하고, 당장 놈들을 해치우고 날 도와!]

그때 남궁영재의 전음이 들려왔다.

움직임을 멈추고 남궁영재를 바라본 만귀비의 눈에 이채가 일었다.

상황을 보아하니 남궁영재가 담천에게 밀리고 있었던 것이다.

'진마를 몰아붙여? 그것도 어중이떠중이가 아닌 광마를?'

본신까지 드러낸 진마가 인간에게 밀리다니 믿기지 않았다.

게다가 남궁영재와 자신과의 실력 차는 그다지 크지 않았다.

즉, 자신도 혼자라면 담천을 상대할 수 없다는 말이었다.

이 상태에서 남궁영재가 당한다면 다음은 자신의 차례였다.

이제 더 이상 여유를 부릴 시간이 없는 것이다.

"안 됐지만 장난은 여기까지구나!"

우우우우웅!

만귀비의 육신이 변하기 시작했다.

등과 옆구리가 꿈틀대더니 두 쌍의 다리와 세 쌍의 팔이 튀어 나왔고, 머리카락은 마치 수백, 수천 개의 검처럼 날카롭게 일어섰다.

그 뒤로 다시 세 쌍의 투명한 날개가 돋아났다.

마치 잠자리나 모기의 날개를 보는 듯 기괴했다.

[호호호! 잘 가거라!]

모두 네 쌍의 손에서 사십 가닥의 혈조가 해명 일행을 덮쳤다.

더군다나 본신을 드러내기 전과는 달리 만귀비의 혈조

는 녹광(綠光)을 발하고 있었다.

얼핏 보아도 위력이 훨씬 강해졌을 것이 분명했다.

해륜의 눈에 절망이 어렸다.

아무리 단단한 몸을 가진 장두라 해도 사십 개의 혈조를 막아 내기엔 불가능해 보였다.

"정신 차리고 두 사람은 나에게 기운을 몰아다오!"

그때 해명이 앞으로 나섰다.

무슨 수가 있는지는 모르겠으나 지금은 그런 것을 따질 여유가 없었다.

해륜과 원무는 즉시 해명의 등에 손을 가져갔다.

후우우우웅!

두 사람의 선기와 불력이 해명에게 집중되었다.

막대한 기운이 몸 안으로 유입되자 해명의 두 눈에서 황금빛 광채가 터져 나와 도복이 금방이라도 터질듯이 부풀어 올랐다.

"강신(降神)!"

사방을 쩌렁쩌렁 울리는 진언과 함께 해명의 육신이 무려 일 장이 넘게 커졌다.

동시에 온몸에서 황금빛 광채가 뿜어져 나왔다.

마치 선계의 신선이 지상에 강림한 듯한 모습이었다.

일전에 해륜이 사용했던 불완전한 강신과는 차원이 다른 기세가 사위를 압도했다.

자신들의 기운을 모두 주입한 해륜과 원무가 주저앉은 채 불안한 모습으로 해명을 지켜봤다.

보여지는 것과 달리 상당한 무리를 하고 있는지 해명의 얼굴은 일그러져 있었다.

여기서 해명이 혈조를 막아 내지 못한다면 해륜과 원무뿐 아니라 두 진마를 상대해야 하는 담천도 무사하지 못할 것이다.

"혼원신벽(混元神壁)!"

진언과 함께 해명의 앞쪽으로 거대한 황금빛 방패가 나타났다.

거의 동시에 사십 개의 혈조가 황금빛 방패를 강타했다.

콰콰콰콰쾅!

어마어마한 폭음과 함께 거대한 덩치의 해명이 뒤로 튕겨져 날아갔다.

이미 황금빛 방패는 산산조각이 난 상태였다.

"사형!"

"해명 도우!"

해륜과 원무가 급히 해명의 상태를 살폈다.

두 사람의 안색은 어두웠다.

사십 개의 혈조를 막아 내는 데는 성공했으나, 이제는 더 이상 만귀비를 막을 방법이 없었다.

해명에게 자신들의 기운을 모두 넘긴 상태라 둘 다 술법을 사용할 수 없는 상태였다.

만귀비가 비릿한 미소를 지으며 마지막 공격을 준비했다.

"자, 장두가 막는다!"

장두가 앞으로 나서서 세 사람을 막아섰다.

"어차피 죽을 거라면 마지막까지 싸우겠습니다!"

해륜이 비틀거리며 장두 옆에 섰다.

"선천지기를 끌어내면 한 번의 술법은 사용할 수 있을 것입니다!"

원무 역시 비장한 얼굴로 앞으로 나섰다.

[어리석은 것들!]

만귀비가 코웃음을 쳤다.

혈조의 녹광이 더욱 짙어졌다.

남궁영재 쪽을 살펴보니 또 하나의 분신이 담천에 의해 사라져 버린 상태였다.

서둘러야 했기에 이번에야말로 끝장을 볼 생각인 것이다.

해륜과 원무는 자신들의 마지막 순간이 온 것을 직감했다.

'조금만 더 버텼으면 되는데…….'

쉬아아아악!

사십 개의 혈조가 다시 한 번 그들을 덮쳤다.

"우와아아아!"

장두가 고함을 치며 손발을 마구잡이로 휘저었다.

해륜과 원무는 선천지기를 끌어 올려 방어 주문을 펼쳤다.

하지만 만귀비의 혈조 앞에는 너무도 약해 보였다.

막 혈조들이 일행에게 작렬하는 순간이었다.

"혼원신벽(混元神壁)!"

여러 명이 한꺼번에 진언을 외치는 소리가 들리더니 해륜 일행 앞에 금빛 찬란한 원형 방패가 모습을 드러냈다.

마치 황금빛 화염에 휩싸인 듯 눈이 부신 방패의 모습은 해명이 펼쳤던 혼원신벽과는 차원이 다른 것이었다.

카카카카카칵!

놀랍게도 만귀비의 혈조는 방패에 막혀서 튕겨 나갔다.

"누구냐!"

갑작스런 사태에 놀란 만귀비가 날카롭게 소리쳤다.

순간 장내로 다섯 명의 노도사가 허공을 휘적휘적 날아 내려왔다.

다섯 노도사의 등장에 모두의 움직임이 멈췄다.

만귀비는 잔뜩 경계하는 눈빛으로 도사들을 노려보고 있었으며 담천 역시 남궁영재와의 싸움을 멈추고 노도사들을 주시했다.

"사부님!"

그때 해륜이 기쁨에 찬 목소리로 소리쳤다.

다섯 노도사는 바로 사부인 천사궁의 궁주 도현과 그 사형제들, 즉, 해륜의 사숙들이었던 것이다.

어떻게 알고 찾아왔는지는 모르겠으나 일행에게는 천군만마였다.

"괜찮느냐, 천기가 심상치 않아 급히 달려왔는데 내가 너무 늦었구나."

키가 육 척에 이르는 선풍도골(仙風道骨)의 노도사가 걱정스러운 눈빛으로 해륜에게 물었다.

그가 바로 천사궁의 현 궁주이자 해륜과 해명의 사부인 도현이었다.

사실, 도현과 그의 사제들이 이곳에 올 수 있었던 것은 천운에 가까웠다.

심상치 않은 천기를 확인하고 의창으로 달려오던 중 때마침 진마의 기운을 느끼고 얼른 쫓아온 것이다. 삼백 장 밖에서도 마귀들의 기운을 느낄 수 있는 도현이기에 가능했던 일이었다.

"전 괜찮습니다. 하지만 사형이……."

"일단 마귀 놈부터 처리하자."

장내의 싸움은 갑작스러운 도사들의 등장으로 모두 멎은 상태였다.

"흥! 천사궁의 버러지들이었구나!"

만귀비가 잔뜩 경계하는 눈빛으로 도사들을 노려봤다.

방금 시전 한 혼원신벽을 볼 때, 다섯 노도사는 천사궁의 진전을 제대로 이었음을 알 수 있었다.

아무리 진마라 해도 한둘이라면 몰라도 다섯 명의 천사궁 도사를 상대하기는 만만치 않은 일이었다.

물론 진다고는 생각지 않았다.

하지만 문제는 담천이었다.

도사들과 드잡이질을 하는 동안 담천이 남궁영재를 제압해 버리면 만귀비가 혼자서 도사들과 담천을 상대해야 하는 상황이 발생하는 것이다.

담천이 보여 주고 있는 신위를 생각할 때, 그것은 불가능한 일이었다.

"크으으……."

남궁영재도 상황이 좋지 않다 여겼는지 낮게 으르렁 댔다.

"내 오늘 천사궁의 이름으로 이 세상에 존재해서는 안될 혼돈의 무리들을 처단하리라!"

도현이 자신의 사제들과 함께 선기를 끌어 올리자 만귀비의 얼굴이 일그러졌다.

[이대로는 승산이 없으니 일단 몸을 피하도록 하지!]

그때 남궁영재에게서 전음이 왔다.

만귀비 역시 원하던 바였다.

도사들이 손을 써 발이 묶이기 전에 도망치는 것이 최선의 방법이었다.

남궁영재와 눈빛을 주고받은 만귀비가 갑자기 허공으로 솟구쳤다.

"저런! 마귀 놈이 도망친다!"

설마 도주를 선택할 거라고는 생각도 못했던 도현이 깜짝 놀라 소리쳤다.

세 쌍의 날개로 바람을 짓치며 날아가는 만귀비의 속도는 그야말로 엄청났다.

"궁주님! 우리가 놈을 쫓겠습니다!"

천사궁의 장로이자 자신의 사제인 도운의 말에 도현이 고개를 저었다.

만귀비의 속도를 볼 때 추격한다 해도 따라잡을 가능성이 높지 않았다.

"이미 늦었네. 나머지 마귀 놈은?"

도현이 남궁영재가 있는 쪽으로 시선을 돌렸다.

"이미 달아났습니다. 담천이라는 청년이 쫓아간 듯싶습니다."

도현과 사제들도 해륜과 해명의 보고에 의해 담천의 존재를 이미 알고 있었다.

"놈들은 나중에라도 잡을 수 있으니, 우선 해명의 상세부터 살펴보도록 하세."

도현과 노도사들은 걱정스러운 얼굴로 해명에게 다가갔
다.

◐

한편 만귀비와 동시에 남궁영재 역시 숲으로 몸을 날리
고, 담천은 그 뒤를 쫓았다.

이제는 셋밖에 남지 않은 분신이 서로 다른 방향으로
도망치고 있었다.

셋 모두 실체인 이상 하나도 놓쳐서는 안 되었다.

담천은 망설이지 않고 암혼장을 펼쳤다.

세 분신이 갑작스러운 압력에 놀라 멈칫했다.

속도라면 담천이 가장 자신 있는 부분 중 하나였다.

게다가 배력공의 효과가 아직 남아 있는 상태였다.

번쩍!

눈 깜짝할 사이에 거리를 좁힌 담천이 분신 중 하나의
목을 날렸다.

갑작스럽게 펼쳐진 암혼장 때문에 당황한 남궁영재가
손도 못 써 보고 너무도 어이없이 분신 하나를 잃었다.

정신을 차린 나머지 분신들은 곧장 다시 도주를 시작했
다.

하지만 암혼장의 권역을 벗어나지 못한 터라 전처럼 빠르게 움직일 수가 없었다.

결국 오래지 않아 두 번째 분신 역시 담천에게 따라잡혔다.

"흥! 이번엔 쉽지 않을 것이다!"

달아나던 분신이 걸음을 멈추고 돌아서서 담천을 노려봤다.

이렇게 된 바에야 분신 하나를 희생시켜 담천의 추격을 최대한 지연시키기로 마음먹은 것이다.

어차피 하나의 분신이라도 무사히 도망친다면 목숨을 건질 수 있었기 때문이다.

살아남기만 한다면 언제고 다시 본래의 힘을 되찾아 복수할 수 있었다.

게다가 남궁영재에겐 마지막 비장의 한 수가 있었다.

바로 그가 광마라 불리게 된 이유, 광폭화(狂暴化)였다.

광폭화를 시전하게 되면 모든 능력이 평상시보다 배로 증가했다.

마치 담천이 사용하는 배력공과 비슷한 효과였다.

그럼에도 불구하고 담천과의 싸움에서 지금까지 사용하지 않았던 이유는 광폭화를 시전한 분신의 경우 반 각이 지나 소멸해 버리기 때문이었다.

모든 분신이 광폭화를 시전하게 되면 남궁영재도 목숨을 버려야 하는 것이다.

그렇다고 일부만 광폭화를 해 봐야 담천이 버텨 낼 경우 오히려 자충수가 되고 만다.

하지만 도주를 위해 최대한 시간을 벌어야 하는 지금이라면 큰 도움이 될 것이 분명했다.

후와아아악!

분신의 몸에서 광폭한 기운이 흘러나왔다.

심상치 않은 기세에 담천이 즉시 일섬단일을 시전 했다.

번쩍!

허공에 몸을 띄운 담천의 검이 세로로 섬전처럼 떨어져 내렸다.

어느새 분신 앞쪽에는 붉은 기운으로 만들어진 방패가 생성되어 있었다.

콰아아앙!

일섬단일의 강력한 검기와 부딪히며 붉은 기운의 방패가 산산조각으로 터져 나갔다.

하지만 담천의 안색은 좋지 않았다.

방패는 파괴했으나 분신은 아직 멀쩡했던 것이다.

배력공에 암혼장까지 걸린 상태에서 겨우 분신 하나가 담천의 공격을 버텨 낸 것이다.

남궁영재가 알 수 없는 술법을 사용한 것이 분명했다.

잠깐의 시간도 아쉬운 담천에게는 짜증스러운 일이었다.

'시간을 끌려는 수작이군!'

남궁영재의 의도를 눈치챈 담천이 지체하지 않고 분신을 향해 몸을 날렸다.

쩌러렁!

막대한 암혼기가 주입된 천령검이 검명을 토해 내며 놈의 머리를 노렸다.

위기를 느낀 분신이 재빨리 몸을 웅크렸다.

그때 천령검의 궤적이 급격히 바뀌며 아래로 떨어져 내렸다. 분신이 피할 것을 미리 예상한 담천이 손목을 이용해 검로를 바꾼 것이다.

깜짝 놀란 분신이 뒤로 몸을 빼려 했으나 담천의 움직임이 한발 빨랐다.

쉬이이익!

스아악!

투명한 암혼기로 둘러싸인 천령검이 분신의 왼쪽 머리를 할퀴고 지나갔다.

"크아악!"

분신의 비명 소리가 울려 퍼졌다.

몸을 바싹 낮춘 담천이 그대로 회선탄류(回線彈流)를

시전했다.

천령검이 횡으로 긴 호선을 그렸다.

스걱!

천령검의 궤적에 걸린 분신의 두 앞다리가 그대로 잘려 나갔다.

"크아아악!"

쿵!

앞다리를 잃은 분신의 몸통이 균형을 잃고 앞쪽으로 무너져 내렸다.

순간 어느새 분신의 우측으로 움직인 담천이 다시 한 번 일섬단일을 시전 했다.

번쩍!

천령검이 쓰러지는 분신의 목을 가르고 지나갔다.

파악!

분신은 분리 된 몸통과 머리가 터져 나가며 마치 먼지처럼 흩어져 소멸했다.

담천은 급히 기감을 끌어 올려 마지막 분신의 흔적을 찾았다.

'이런!'

그리 길지 않은 시간이었으나, 어느새 분신은 담천의 감각이 인지할 수 있는 범위를 벗어나 있었다.

암혼장의 범위를 벗어나자 움직임이 빨라진 탓일 것

이다.

그럼에도 불구하고 담천의 눈빛은 의외로 담담했다.

'조금 귀찮아졌군!'

살짝 눈살을 찌푸린 담천이 품안에서 하나의 물건을 꺼냈다.

놀랍게도 그것은 바로 망원이 사용하던 진향추(趁香錘)였다.

사실 담천은 매복을 준비하면서 남궁영재가 도주할 경우도 염두에 두고 있었다.

만일 놈을 놓치게 되면 언제 다시 오늘과 같은 기회를 잡게 될지 알 수 없었기에 미리 그에 대한 대비를 한 것이다.

남궁영재와 맞붙으면서 혹시 몰라 추적용 향을 묻혀 놓았는데, 결국은 이렇게 사용하게 된 것이다.

다만 한 가지 문제가 있다면, 놈이 열 개의 분신으로 나뉜 상태에서도 진향추가 작동하는가였다.

담천은 천령검으로 손가락을 벤 후 조심스럽게 진향추에 피를 한 방울 떨어뜨렸다.

우우우웅!

낮은 울림과 함께 추가 회전하기 시작했다.

담천의 눈동자가 빛났다.

다행히도 진향추는 제대로 작동하고 있었던 것이다.

담천의 신형이 진향추가 가리키는 방향으로 쏜살같이 움직였다.

반 각쯤 달려가자 삼십 장 정도 앞쪽에서 남궁영재의 기척이 느껴졌다.

필사적으로 도망쳤는지 어느새 거의 산에서 벗어나기 직전이었다.

담천이 눈살을 찌푸렸다.

놈이 산에서 벗어나면 일이 복잡해진다.

산에서 오 리 정도만 가면 의창이다.

의창 외곽 지역에는 백 장 간격으로 무벌의 경비대가 상주하고 있었다.

남궁영재를 조용히 처리할 수 없게 되는 것이다.

혹여 다시 인간으로 변신하기라도 한다면 더욱 문제였다.

남궁세가의 후계자가 공격당하는 것을 가만히 보고 있을 리 없었다.

남궁영재를 잡기 위해서는 경비대와의 마찰이 불가피했다.

물론 이미 본래 힘의 구 할을 잃은 남궁영재를 죽이는 것은 일도 아니었으나, 놈이 초씨 세가에 저지른 일을 생각한다면 그토록 편안한 죽음을 허락할 수는 없었다.

담천은 암혼기를 모두 다리 쪽으로 돌렸다.

우우우우웅!

어느새 배력공의 효과도 사라진 상태. 거기다 암혼장이 미치는 범위 역시 벗어난 지 오래였다.

이제는 최대한 신법을 발휘해 놈을 잡는 수밖에 없었다.

휘이이익!

비설형을 극한으로 시전하자 담천의 몸이 실처럼 늘어났다. 남궁영재와의 거리가 빠른 속도로 좁혀졌다.

남궁영재 역시 아홉 분신이 소멸되며 받은 타격과 진기의 소모로 인해 처음에 비해 많이 느려진 상태였기 때문이다.

얼마 가지 않아 남궁영재의 모습이 드러났다.

역시 이미 인간으로 변신한 상태였다.

몸이 온통 피로 물들어 있어 금방이라도 쓰러질 것처럼 위태로워 보였다.

남궁영재 역시 담천의 기척를 느꼈는지 고개를 돌려 뒤를 확인했다.

핏기 하나 없는 창백한 얼굴이 남궁영재의 절박한 상황을 그대로 대변해 주고 있었다.

"놈!"

담천의 눈에서 살기가 일었다.

드디어 자신이 다시 부활한 이유, 가문의 복수를 끝낼

순간이 온 것이다.

놈을 잡아서 가족과 세가의 식솔들이 느꼈던 고통을 그대로 갚아 줄 것이다.

"암습이다! 적이 습격했다!"

그때 남궁영재가 갑자기 소리를 질러 댔다.

"이런!"

담천의 눈썹이 위로 치켜 올라갔다.

어느새 의창 외곽에 다다른 것이다.

"적의 습격이다!"

남궁영재가 그야말로 필사적으로 소리쳤다.

결국 담천은 걸음을 멈출 수밖에 없었다.

"누구냐!"

"무슨 일이냐!"

멀리 경비 무사들이 모습을 드러낸 것이다.

그렇지 않아도 최근 의창에서 벌어진 사건들로 인해 예민해진 그들이었기에 남궁영재의 목소리가 들리자마자 즉각적으로 반응했다.

담천으로서는 짜증스러운 상황이었다.

"엇! 남궁 공자가 아니시오? 이게 대체 어찌 된 일입니까?"

남궁영재를 알아본 경비무사들이 급히 달려왔다.

큰 부상을 당한 남궁영재의 모습에 상황이 심상치 않음

을 느낀 것이다.

"크윽! 저놈이 바로 요즘 혈겁을 일으키고 있는 복면인이오! 어서 무벌에 도움을 요청하시오!"

남궁영재가 담천을 가리키며 소리쳤다.

십여 명의 경비병만으로는 담천을 막을 수 없다는 사실을 남궁영재 역시 너무도 잘 알고 있었다.

무벌에 지원을 요청하는 것만이 자신이 살 수 있는 유일한 길이었다.

담천이 혈겁의 범인이라는 말에 경비 무사들이 깜짝 놀랐다.

"어서 무벌에 신호를 보내라!"

경비조장 조팔이 검을 뽑아 들며 수하들에게 명했다.

담천의 눈썹이 꿈틀했다.

남궁영재가 그 틈을 타 도망치는 모습이 보였기 때문이다.

경비들을 방패로 삼아 빠져나가려는 수작이었다.

여기서 시간을 끌 여유가 없었다.

자칫 무벌의 지원이 도착하면 발목이 잡힐 수 있었다.

'뚫고 나간다!'

지금 담천의 실력이라면 경비 무사들은 장애물조차 되지 않았다.

그대로 돌파하면 그만이다.

"다치기 싫으면 비켜라!"

경고와 함께 담천의 신형이 흐릿해졌다.

"엇! 막아라!"

조팔이 다급히 소리쳤으나, 경비 무사들은 담천이 어디에 있는지조차 알 수 없었다.

퍼퍽!

"크악!

"우, 우측이다!"

가장 오른쪽에 있던 경비 둘이 둔탁한 타격음과 함께 바닥에 쓰러졌다.

하지만 담천의 모습은 신형은커녕 그림자조차 보이지 않았다.

"뒤, 뒤다! 놈이 달아난다!"

어느새 경비 무사들을 타고 넘은 담천이 남궁영재의 뒤를 쫓고 있었던 것이다.

경비 무사들은 담천을 뒤쫓을 생각조차 못하고 멍하니 바라봤다.

보이지도 않는 속도로 움직이는 자를 어떻게 잡는단 말인가.

경비 무사들을 지나친 담천은 한 호흡도 안 되어 남궁영재를 따라잡았다.

부상이 심각한데다 이미 지칠 대로 지친 남궁영재였다.

암혼장의 범위를 벗어났다 해도 담천의 상대가 될 리 없었다.

"이제 더는 도망칠 곳도 없다!"

담천은 훌쩍 몸을 띄워 남궁영재의 앞을 가로막았다. 비틀거리며 달려가던 남궁영재가 그대로 자리에 주저앉았다.

담천을 바라보는 그의 얼굴에는 경련이 일고 있었다.

"대체 네놈은 누구냐! 천사궁이나 수불도의 제자는 아닌 것 같은데, 도대체 무슨 원한이 있어 나를 이토록 악착같이 쫓는 것이냐!"

남궁영재가 악에 받쳐 소리쳤다.

피식!

담천의 눈가에 조소가 걸렸다.

놈이 감히 원한을 이야기하다니 어처구니없는 일이 아닌가.

담천은 아무 말 없이 남궁영재의 목을 낚아챘다.

"커헉!"

이미 움직일 힘조차 없는 남궁영재가 아무 저항도 못하고 담천의 손에 끌려갔다.

담천이 잠시 서슬 퍼런 눈으로 남궁영재를 노려봤다.

남궁영재와는 할 이야기가 너무도 많았다.

하지만 이곳은 이야기를 나누기엔 좋은 장소가 아니었다.

곧 무벌의 지원군이 도착할 터.

한 손으로 남궁영재의 목덜미를 잡고 담천이 그대로 신형을 날렸다.

2장
남궁영재의 최후

"크윽!"

흙바닥에 내동댕이쳐진 남궁영재가 신음을 토해 냈다.

주변에서 전혀 인기척이 느껴지지 않는 것으로 보아 더 이상 도움을 기대할 수 없는 상황임이 분명했다.

담천은 천천히 걸음을 옮겨 남궁영재에게 다가갔다.

"크으으……."

남궁영재가 일그러진 얼굴로 담천을 노려봤다.

어쩌다가 자신이 이렇게 된 것인지 분하고 억울했다.

만귀비가 여유를 부리지 않았다면 천사궁 도사들이 오기 전에 담천과 패거리들을 모두 해치울 수 있었을 것이다.

'개 같은 년!'

남궁영재가 속으로 만귀비를 욕했다.

"눈빛이 마음에 들지 않는군. 하기야 그래야 나도 망설임 없이 손을 쓸 수 있지."

담천이 천천히 복면을 벗었다.

"너, 너는!"

남궁영재가 눈을 부릅떴다.

복면인의 정체가 설마 담씨세가의 쓸모없는 대공자였을 줄이야.

대체 담천이 왜 자신을 노린다는 말인가.

'가만! 그러고 보니?'

만귀비가 상대한 복면인들이 천사궁과 수불도의 술법을 사용했던 것이 기억났다.

의창에서 천사궁과 수불도의 제자들이라면 담천과 함께 다니던 원무와 해륜밖에 없었다.

'젠장! 이제야 그걸 생각해 내다니!'

담씨세가에 그들이 있다는 사실을 알았을 때부터 벌써 의심을 했어야 했다.

마귀들과 가장 적대적인 세력이 바로 천사궁과 수불도가 아닌가.

그들이 머무는 곳이라면 당연히 주의를 기울였어야 하는 것이다.

하지만 너무 늦게 깨달았다.

자책하는 남궁영재의 모습에 담천이 조소를 지었다.

"왜, 놀랐나? 하지만 내 이야기를 듣고 나면 이까짓 일은 놀랄 거리도 아니게 될 것이다! 우선 좀 즐겨 볼까?"

담천이 천령검을 꺼내 들었다.

"이놈! 가, 감히!"

남궁영재의 눈꺼풀이 바르르 떨렸다.

진마인 그가 언제 이런 굴욕을 당해 봤겠는가.

담천은 아랑곳하지 않고 남궁영재의 머리털을 잡아챘다.

"일단 머리 가죽부터 시작하자."

진대치에게 자신이 당했던 그대로 되돌려 주려는 것이다.

"크아아악!"

천령검이 움직이자 남궁영재의 비명 소리가 울려 퍼졌다.

본신으로 돌아갈 힘조차 남아 있지 않은 남궁영재로서는 그대로 당할 수밖에 없었다.

담천은 차가운 눈으로 차근차근 남궁영재의 피부를 벗겨 냈다.

사지를 자르고, 온몸의 피부를 벗겨진 후 들판에 버려졌던 기억이 아직도 눈에 선했다.

그때 느꼈던 고통과 울분이 가슴속에서 스멀거리며 기어 올라왔다.

"크아아아악!"

무려 반 각 동안 천천히 남궁영재를 고문하던 담천이 손을 멈췄다.

그의 눈은 마귀의 그것처럼 냉혹하게 변해 있었다.

"이제 이야기를 해 보도록 할까?"

천령검에 묻은 피를 털어 낸 담천이 입을 열었다.

"끄으으……. 이, 이노옴……."

남궁영재는 거의 혼절하기 직전이었다.

하지만 극심한 고통에도 불구하고 아직 독기가 사라지지 않은 상태였다.

"초씨세가를 기억하겠지?"

남궁영재가 반쯤 감긴 눈으로 담천을 바라봤다.

"초…… 초씨세가?"

잠시 생각하던 남궁영재가 무언가 떠오른 듯 다시 입을 열었다.

"그자들은 다 죽은 걸로 알고 있는데…… 네놈이 왜……."

"물론 다 죽었지. 하지만 죽음조차도 우리의 원한과 복수를 막을 수는 없었다."

"크으으……. 대…… 대체 무슨 말이냐? 네가 그들과

무슨 관계라도……. 아니, 관계가 있든 말든 왜 내게……. 크아악!"

천령검이 남궁영재의 왼쪽 귀를 잘랐다.

"네놈의 음모 때문에 억울하게 죽어 간 원혼들의 한을 풀기 위해 지옥에서 살아온 자가 바로 나다!"

"끄으으…… 무, 무슨 소리냐? 도대체……."

담천은 자꾸 흥분되는 마음을 가라앉혔다.

그 얼마나 이 순간을 기다려 왔던가.

놈에게 자신의 정체를 밝히고 복수를 끝낼 그 순간을.

"내가 바로! 그날 사지가 잘리고 껍질이 벗겨져 죽은 초유벽이다! 원한이 하늘에 닿아 네놈을 죽이기 위해 다시 살아 돌아올 수 있었단 말이다!"

담천의 목소리가 점점 커졌다.

아무리 침착하려 해도 마음대로 되지 않았던 것이다.

"초, 초유벽이라면……. 그 서문유향을 따라다니던 별 볼 일 없는……."

남궁영재가 잠시 멍한 얼굴로 담천을 바라봤다.

"다, 다시 살아 돌아왔다고? 무슨 수로…… 아니, 그런데 왜 내게 그, 그런 이야기를 하는 것이냐? 크악!"

이번에는 천령검이 남궁영재의 오른쪽 귀를 잘랐다.

"흥! 이제와 발뺌이라도 하겠단 말이냐? 그 위풍당당하던 모습은 어디로 간 것이냐!"

담천의 얼굴은 어느새 악귀처럼 일그러져 있었다.

그간 억눌렸던 분노와 증오가 둑이 터진 듯 쏟아져 나왔기 때문이다.

잠시 말을 잇지 못하던 담친이 다시 입을 열었다.

"무엇 때문에 초씨세가를 노린 것이냐?"

항상 그 점이 궁금했었다.

도대체 진마가 왜 무벌에서도 제일 세력이 약한 축에 속하던 자신의 가문을 노렸단 말인가.

재산이 많았던 것도 아니고, 특별히 마귀와 관련될 만한 일도 없었다.

게다가 같은 무벌의 가문이었지만, 격이 달랐던 남궁세가와는 안면조차 없는 사이였다.

아무리 생각해 봐도 남궁영재가 초씨세가를 무너뜨릴 이유가 없는 것이다.

한 가지 걸리는 것이 있다면, 남궁영재가 서문유향에게 눈독을 들이고 있었다는 정도뿐이었다.

"초, 초씨세가의 일을 왜 내게 묻는 것이냐?"

"흥! 아직 정신을 못 차린 모양이구나!"

스걱!

"크아아악!"

이번에는 남궁영재의 왼팔이 잘려 나갔다.

용케 버티던 남궁영재도 결국 혼절해 버리고 말았다.

하지만 담천은 그것조차 용납하지 않았다.

천령검이 남궁영재의 옆구리를 뚫고 들어갔다.

"커헉!"

기절했던 남궁영재가 바른 숨을 토해 내며 다시 의식을 회복했다.

"다시 한 번 묻지. 무슨 이유 때문이냐?"

한동안 말을 못하고 숨을 헐떡거리던 남궁영재가 간신히 고개를 들어 올렸다.

"호, 혹시……. 내, 내가 그랬다고 여기는……?"

말을 잇지 못하고 멍하니 있던 남궁영재가 킥킥대기 시작했다.

"크크크크……. 그랬구나, 그랬어! 크으으……. 이, 이런 어이없는 일이……. 크하하하하!"

남궁영재는 고통도 아랑곳하지 않고 미친 듯이 광소를 터뜨렸다.

"겨, 겨우 그것 때문에! 이 내가! 이 광마가 이 꼴을 당했단 말인가! 크하하하하!"

담천의 눈에서 살기가 일었다.

"놈!"

서걱!

"크아악!"

오른팔이 잘린 남궁영재가 비명을 지르며 바닥을 굴렀다.

"겨우 그것? 예순 명이 넘는 이들이 아무 잘못도 없이 억울하게 목숨을 잃었다. 한데 겨우 그것? 나는 네놈 때문에 모든 것을 잃었다. 가족도, 형제도, 사랑하는 사람도! 한데, 네놈은 겨우라고?"

담천의 두 눈에서 불꽃이 일었다.

"크으으……. 이, 이제야 무슨 일인지 이해가 가는구나……. 흐흐흐. 정말 재미있군. 결국, 네놈이나 나나 누군가에게 놀아난 것이 분명해, 크크크크……."

"무슨 소리냐? 네놈 뒤에 배후가 있단 말이냐!"

남궁영재의 갑작스런 말에 담천이 급히 되물었다.

진정한 원흉이 또 있다는 이야긴가.

"배후? 크큭큭. 너, 넌 아직도 모르겠느냐?"

무엇이 그리 즐거운지 웃음을 멈추지 않았다.

"네, 네놈이 좀 전에 물었지? 대체 무, 무슨 이유로 초씨세가를…… 멸문시켰냐고?"

담천이 짜증이 어린 얼굴로 남궁영재를 노려봤다.

"대, 대체 내가 왜 초씨세가를 노리겠느냐? 그런 보잘것없는 가문. 내, 내가 무엇 때문에……. 크크크. 네, 네놈은 왜 내가 초씨세가를 멸문시켰다고 보는 것이냐?"

"이제와 부인해 봐야 네놈이 살 길은 없다!"

"크으으……. 어차피 네놈이 살려 줄 마음이 없다는 것을 알고 있다."

우우우웅!

순간 남궁영재의 기세가 변했다.

놈의 온몸에서 붉은 기운이 일어나더니 몸이 변하기 시작했다.

"크크크크……. 어차피 죽을 거라면 더 이상 광폭화를 망설일 이유가 없지!"

어느새 붉은 여우의 모습으로 변한 남궁영재가 담천을 노려봤다.

소멸을 각오하고 광폭화를 시전 한 것이다.

물론 그래 봐야 이미 담천에게는 상대도 되지 않음을 잘 알고 있었다.

다만 어차피 죽을 거라면 마지막에는 진마답게 죽으려는 것이다.

"흐흐흐. 너 같이 어리석은 놈에게 죽음을 당할 줄이야. 하지만 너 역시 결국엔 내 꼴이 날 것 같으니 그리 억울하지는 않구나! 큭큭큭."

"흥!"

담천이 코웃음을 쳤다.

거의 다 죽어 가던 남궁영재가 본신으로 변한 것은 놀랄 일이었으나, 느껴지는 기세는 형편없었기 때문이다.

"이제 끝을 낼 시간이군!"

담천이 천령검을 들어 올렸다.

남궁영재에게 자신의 정체를 알린 터라 더 시간을 끌면 봉혼단시의 계약에 의해 혼백이 소멸하게 된다.

어차피 놈의 태도로 보아 더 얻을 것은 없을 듯했다.

그리고 이제는 그 무겁던 복수의 굴레를 그만 내려놓고 싶었다.

"덤벼라!"

남궁영재가 호기롭게 소리쳤다.

담천은 주저하지 않고 일섬단일을 시전 했다.

번쩍!

남궁영재는 반격하거나 막지 않고 그대로 검을 맞았다.

남궁영재의 머리가 몸통과 분리되어 허공으로 떠올랐다.

[내가 초씨세가를 멸문 시켰다고 생각하게 만든 자가 누구인지 잘 생각해 보거라……. 크크크크.]

머릿속으로 들려온 남궁영재의 마지막 말에 담천은 눈살을 찌푸렸다.

남궁영재의 태도는 의문점이 많았다.

과연 죽음을 앞둔 순간까지 거짓말을 했단 말인가.

물론, 놈이 마귀, 그중에서도 진마임을 생각하면 충분히 그럴 수 있었다.

하지만 마지막 순간까지 담천을 비웃던 모습은 거짓이라고 보기엔 너무도 확신에 차 있었다.

'대, 대체 내가 왜 초씨세가를 노리겠느냐? 그런 보잘것없는 가문을 내, 내가 무엇 때문에……. 크크크.'

남궁영재의 말이 계속 귓가에 맴돌았다.

콰콰콰콰콰!

남궁영재의 막대한 기운이 빨려 들어오면서 담천의 생각은 멈췄다.

그야말로 엄청난 양의 기운이 한꺼번에 들어오고 있었다.

남궁영재가 마지막 순간에 거의 모든 힘을 잃었음을 생각하면 무척 의아한 일이었다.

아무래도 기운의 흡수는 놈이 기력이 다했던 것과는 관계가 없는 듯했다.

담천은 쏟아져 들어오는 막대한 기운을 제어하기 위해 암혼기를 끌어 올렸다.

몸이 허공으로 떠오르며 붉고 투명한 기운이 담천을 둘러쌌다.

쿠쿠쿠쿠쿠!

마치 태풍이 몰아치는 듯 주변의 숲이 크게 흔들렸다.

아름드리나무들이 뿌리 채 뽑혀 나가고, 바위는 가루가 되어 흩어졌다.

담천은 날뛰는 기운을 제어하기 위해 온 신경을 집중했다.

'이게 진정한 진마의 기운이구나!'

그간 엄마와 혼마는 남궁영재에 비하면 모자란 면이 있었다.

우우우우우웅!

기운의 흡수가 끝나고 담천의 몸이 서서히 지상으로 내려왔다.

순간 담천을 중심으로 회오리치던 붉고 투명한 기운들이 모두 정수리로 빨려 들어갔다.

번쩍!

동시에 담천의 두 눈에서 신광이 터져 나왔다.

담천은 우선 자신의 몸 상태를 살폈다.

전보다 상당히 늘어난 힘이 느껴졌다.

"하기야 복수가 끝났는데, 강해지는 것이 무슨 소용인가……."

지금까지 그토록 강해지려 노력했던 것은 오로지 복수를 위해서였다.

물론, 혼주라는 존재와의 계약 문제도 있었지만, 이제는 담천에게 별다른 의미를 주지 못했다.

계약을 이행하지 않아 혼이 소멸한다 해도 별 상관도 없었다. 그저 이대로 쉬고 싶을 따름이었다.

그럼에도 불구하고 한 가지 의문점이 계속해서 담천의 신경을 건드리고 있었다.

남궁영재의 마지막 말이 자꾸만 머릿속에 떠올랐던 것이다.

'내가 초씨세가를 멸문시켰다고 생각하게 만든 자가 누구인지 잘 생각해 보거라……. 크크크크.'

놈이 비웃던 소리가 아직도 귓가에 맴돌았다.

진마가 범인일 것이라 여긴 것은 결국 담천 스스로 여러 증거를 종합한 결과였다.

진향추를 통해 알아낸 복면인의 정체가 바로 남궁태였던 사실이 가장 결정적이었다.

그러고 보면 또 다른 의문이 생겨난다.

그간 양화와 연락을 하고 아이들의 죽음에 관련한 자가 남궁태라는 이야긴데, 오늘 산 위에서 본 그의 모습은 조금 이상했다.

마치 남궁영재가 진마인지 알지 못했던 것처럼 행동했기 때문이다.

술법에도 관여했을 가능성이 높은데, 남궁영재가 진마인지 몰랐다는 것은 말이 되지 않았다.

게다가 만귀비는 남궁태를 아무렇지도 않게 죽였다.

만일 남궁태가 그들과 한통속이었다면, 그렇게 죽일 이유가 무엇이란 말인가.

담천의 머릿속이 갈수록 복잡해졌다.

'일단 세가로 돌아가 천혜린을 만나 봐야겠군.'

담천은 찜찜한 마음을 안고 세가를 향해 걸음을 옮겼다.

❂

만귀비─음마─는 뒤도 돌아보지 않고 최대한 멀리 달아났다.

'대체 그놈의 정체가 무엇이란 말인가.'

남궁영재를 압도했던 복면인의 모습이 떠올랐다.

아마도 혼마 역시 복면인에게 죽었을 것이 분명했다.

만일 놈이 남궁영재를 해치웠다면 그다음은 자신의 차례였다.

'지금 놈과 대적한다면 필패야.'

만귀비는 등골이 서늘해짐을 느꼈다.

당분간은 몸을 숨기는 수밖에 없었다.

'이미 정체가 밝혀진 이상 황궁으로 돌아갈 수도 없으니 정천맹에 숨어야겠군.'

정천맹 쪽에도 모산파를 비롯 이미 자신의 세력을 제법

확보해 놓은 그녀였다.

황궁을 포기해야 하는 상황이니, 정천맹을 기반으로 삼아 다시 일어서는 수밖에 없었다.

"이게 누구신가?"

그때 갑자기 허공에 한 사내가 유령처럼 나타났다.

그의 모습을 확인한 만귀비의 눈이 찢어질 듯 커졌다.

"혀, 혈마!"

만귀비 앞을 막아선 자는 다름 아닌 혈마였던 것이다.

"그, 그대가 어찌 여기에……."

당황한 만귀비가 말을 잇지 못했다.

대체 혈마가 어떻게 자신을 찾았단 말인가.

"빤히 본신을 드러내고도 그런 질문을 하다니 머리가 나쁜 건가, 아니면 그냥 농담이라도 해 본 것인가?"

'아뿔사!'

만귀비는 뒤통수를 얻어맞은 듯한 충격을 느꼈다.

급히 도망쳐 나오는 데만 집중하다 보니 변신을 할 생각도 못했던 것이다.

무슨 이유 때문인지 의창에 있던 혈마가 자신이 날아가는 모습을 우연히 발견한 것이 분명했다.

"이거 내가 운이 좋다고 해야 하나, 네년이 재수가 없다고 해야 하나?"

씨익!

혈마의 얼굴에 살기가 어렸다.

"네년이 종남산에서 나를 물 먹였던 것을 잊지는 않았겠지?"

만귀비의 안색이 창백해졌다.

하필 혈마와 마주치다니 그야말로 최악의 상황이었다.

"자, 잠깐! 내 이야기 좀 들어 봐!"

"우리가 한담이나 나눌 만큼 절친한 사이는 아닌 것 같은데…….."

혈마의 살기가 점점 더 짙어졌다.

"광마가 죽었어!"

혈마의 눈에 이채가 일었다.

"광마가?"

"그래! 남궁영재가 바로 광마야! 혼마를 죽인 녀석이 남궁영재까지 죽였어! 놈의 능력은 나조차도 감당하기 어려울 정도야. 아마 혈마 당신이라 해도 승부를 장담할 수 없을 거야."

"호오……. 재미있군. 그런데 어쩌라고?"

혈마의 얼굴에 조소가 일었다.

"우리가 힘을 합쳐야 놈을 막을 수 있다는 이야기야. 절대 거짓말이 아니라고!"

피식!

어이없다는 듯 혈마가 만귀비를 바라봤다.

"네년이 생각보다 머리가 나쁘구나? 내가 왜 너 같은 갈보년과 힘을 합친단 말이냐? 그냥 잡아먹어 버리면 어차피 네 힘이 내 것이 될 텐데?"

만귀비의 안색이 딱딱하게 굳었다.

혈마의 말이 맞았다.

남궁영재야 만귀비와 실력이 크게 차이 나지 않았기에 협력이 가능했다. 한쪽이 다른 한쪽을 죽이기가 쉽지 않았기 때문이다.

게다가 둘에게는 혈마라는 공동의 적이 있었다.

하지만 혈마는 달랐다.

실력차도 실력차지만, 이제 남궁영재까지 죽었다고 거짓말을 해 버렸으니 혈마의 입장에서는 만귀비만 죽이면 더 이상 걸릴 것이 없는 것이다.

물론 서문광천이나 복면인도 위협적인 존재이긴 하지만, 과연 만귀비의 힘까지 흡수한 혈마에게 대적할 자가 있을지 의문이었다.

이렇게 된 이상 어쩔 수 없었다.

'어차피 피할 수 없다면 기회는 놈이 본신으로 변신하기 전인 지금뿐!'

"그렇다면 죽어라!"

두려움에 떨던 만귀비가 예고도 없이 혈조를 휘둘렀다.

카카카캉!

하지만 어느새 혈마의 온몸을 붉은 실들이 둘러싸고 있었다. 혈마의 무기 중 하나인 적사(赤絲)였다.

하지만 만귀비 역시 그녀의 공격이 단번에 성공하리라 생각지는 않았다.

그녀는 멈추지 않고 연달아 혈조와 광구를 날렸다.

콰콰콰쾅!

광구와 혈조가 적사와 충돌하며 경천동지할 폭발이 일어났다.

혈마를 중심으로 반경 십 장 정도의 공간이 화염에 휩싸였음에도 불구하고 만귀비는 공격을 멈추지 않았다.

콰콰콰콰쾅!

혈마가 변신하면 모든 게 끝이었다.

이 공격에 모든 것을 걸 수밖에 없는 것이다.

무려 반 각 가량이 지나서야 만귀비가 가쁜 숨을 몰아쉬며 공격을 멈췄다.

"헉, 헉!"

만귀비는 불안한 눈으로 폭발로 인해 피어난 먼지 구름을 응시했다.

감각에는 아무것도 느껴지지 않았다.

'해치운 것인가?'

만귀비의 얼굴에 기대감이 어렸다.

하지만 그녀의 기대는 오래 이어지지 않았다.

먼지 속에서 한 쌍의 혈광이 모습을 드러냈던 것이다.

"그래, 그렇게 발악을 해야 데리고 노는 맛이 있지."

어느새 본신으로 변한 혈마의 입가에 진한 미소가 걸렸다.

만귀비의 얼굴에 절망감이 어렸다.

"자, 어디 더 놀아 볼까?"

"이이익!"

만귀비 주위로 열 개의 녹색 광구가 생겨났다.

동시에 세 쌍의 날개를 중심으로 바람이 소용돌이치기 시작했다.

구우우우웅!

"무식한 핏덩이 새끼! 어차피 이렇게 된 것! 이판사판이다!"

열개의 광구를 쏘아 낸 만귀비가 그대로 혈마를 향해 돌진했다.

슈슈슈슈슝!

동시에 혈마로부터 수백 가닥의 적사가 쏟아져 나왔다.

촤아아아아악!

콰콰콰콰콰쾅!

광구들이 적사와 충돌해 산산조각으로 터져 나갔다.

광구들을 따라 혈마를 향해 돌진하던 만귀비가 급히 뒤로 튕겨 나왔다.

폭발을 뚫고 혈마의 적사가 튀어나왔기 때문이다.

따다다다당!

만귀비의 혈조와 적사가 부딪히며 불꽃이 튀었다.

허공에서 수백 합의 격돌이 일어났다.

얼핏 보기엔 막상막하로 보이는 접전이었으나, 두 사람의 표정은 상반되어 있었다.

혈마의 얼굴엔 여유가 넘치는 반면 만귀비는 잔뜩 일그러져 있었기 때문이다.

만귀비 입장에서 더욱 곤란한 것은 그녀의 특기인 탈혼음과 환영술이 혈마에겐 전혀 통하지 않는다는 사실이었다.

"어디 강도를 더 높여 볼까?"

기이이이잉!

순간 혈마의 머리 위로 다섯 개의 핏빛 혈환(血環)이 생성되었다.

서문광천과의 대결에서 모습을 드러냈던 혈마의 절기 중 하나였다.

키이이이이익!

혈환이 귀곡성을 토해 내며 만귀비를 향해 쏜살같이 날아갔다.

위기를 느낀 만귀비가 급히 세 쌍의 날개로 온몸을 감쌌다.

콰아아앙!

동시에 다섯 개의 혈환이 만귀비의 날개를 때렸다.

"크으으……."

만귀비가 창백한 얼굴로 신음을 토해 냈다.

막아 내긴 했으나 충격의 여파가 내부를 진탕시키고 있었던 것이다.

하지만 미처 몸을 추스릴 여유도 없이 만귀비는 광구를 쏘아 냈다.

만귀비의 날개와 부딪혀 튕겨나간 혈환이 방향을 돌려 다시 공격해 오고 있었기 때문이다.

게다가 수 백 가닥의 적사 역시 쏘아져오고 있었다.

그야말로 진퇴양난(進退兩難)의 위기였다.

콰콰콰콰쾅!

사방에서 폭발이 일어났다.

마치 하늘 위에서 수백 발의 폭죽을 터뜨린 듯 장관이 연출되었다.

하지만 그 가운데 있는 만귀비에게는 그것이 지옥의 업화보다 두렵게 보였다.

"이제 그만 끝내자."

흠칫!

귓가에 속삭이듯 들려온 소리에 만귀비의 얼굴이 딱딱하게 굳었다.

어느새 혈마가 자신의 뒤쪽으로 다가와 있었던 것이다.

푸욱!

만귀비의 가슴을 뚫고 어른 팔뚝만 한 굵기의 적사가 튀어나왔다.

"허억!"

만귀비의 눈동자가 파르르 떨렸다.

"어디 네년의 피는 무슨 맛일까?"

혈마가 입을 벌려 만귀비의 목을 거칠게 물어뜯었다.

이제 고작 열여섯 쯤 되었을까 싶은 미소년의 외모와는 이질적인 잔인한 모습이었다.

"끄으으……."

목이 반이나 뜯겨져 나간 만귀비가 입에서 피를 토해 내며 신음을 흘렸다.

"퉤! 역시 인간의 피맛처럼 신선하지 않구나!"

짜증 어린 표정으로 피를 뱉어 낸 혈마가 양손으로 만귀비의 목을 몸에서 뜯어냈다.

지이이이이잉!

동시에 만귀비의 육신에서 거대한 기운이 흘러나와 혈마의 정수리로 빨려 들어가기 시작했다.

콰콰콰콰콰!

마치 천지개벽이라도 일어난 듯 혈마의 주위가 온통 뇌전으로 뒤덮였다.

"크크크크크!"

양손에 각각 만귀비의 목과 몸통을 쥔 채로 혈마가 광소를 터뜨렸다.

쩌저저적!

기운이 모두 흡수되자 혈마의 몸에서 뿜어져 나오던 뇌전 다발도 사라졌다.

서서히 땅으로 내려선 혈마는 어느새 인간의 모습으로 돌아와 있었다.

"크크크크크! 이제 이 힘을 완전히 내 것으로 만들고 나면 세상에 더 이상 두려울 것이 없을 것이다! 그때는 천사궁이든 수불도든, 서문광천이든 모조리 죽여 주마! 크하하하하!"

광소를 터뜨린 혈마의 신형이 순식간에 점이 되어 사라졌다.

◑

남궁영재를 죽인 담천은 복잡한 마음을 안고 세가로 돌아왔다.

"담 공자님! 무사하셨군요!"

별채로 들어서자 해륜이 금방이라도 울 것 같은 얼굴로 달려왔다.

원무와 해륜 일행이 미리 도착해 있었던 것이다.

담천은 씁쓸한 표정으로 해륜을 바라봤다.

그녀가 자신에게 어떤 마음을 가지고 있는지 담천도 바보가 아닌 이상 어느 정도 짐작은 하고 있었다.

하지만 담천은 이미 죽은 자였다.

게다가 담천의 마음속에는 이미 서문유향이 자리 잡고 있었다.

죽은 자에게 마음을 줘 봤자 허공에 돌을 던지는 것과 같이 돌아오는 건 아무것도 없다.

한편으로는 미안하고 한편으로는 그녀와의 거리를 확실히 벌려야 한다는 생각이 들었다.

담천은 해륜을 무시한 채 다른 일행을 향해 고개를 돌렸다.

산 위에서 보았던 천사궁의 도사들도 함께하고 있었다.

"아! 담 공자, 이쪽은 천사궁의 궁주이신 도현 스승님과 그 사제분들이십니다."

해명이 노도사들을 소개했다.

"도움을 주셔서 감사합니다. 담천이라 합니다."

어쨌든 남궁영재를 상대하는 데 큰 도움을 받은 터라 담천은 정중히 다섯 도사에게 인사를 올렸다.

만일 도현과 그 사제들이 제때에 도착하지 않았다면, 만귀비가 해륜 일행을 모두 죽였을 것이고, 담천은 진마

둘을 상대해야 했을 것이다.

담천이야 죽는다 해도 다시 부활하면 그만이지만, 그럴 경우 다시 남궁영재를 죽일 기회를 잡기 위하여 언제까지 기다려야 할지 모르는 상황이었다.

만귀비와 남궁영재가 연합을 한 이상 그런 기회는 좀처럼 오지 않았을 확률이 높았다.

"반갑네. 제자들에게 이야기는 많이 들었다네. 진마놈을 혼자 추격해서 걱정했는데 무사해서 다행이군그래."

도현이 깊은 눈으로 담천을 응시했다.

마치 담천의 모든 것을 꿰뚫어 보기라도 하는 듯한 느낌이었다.

"스승님, 담 공자 얼굴에 구멍이라도 나겠습니다."

해륜이 민망한 얼굴로 말하자 도현이 시선을 거두고 멋쩍은 웃음을 지었다.

"허허, 이거 미안하군그래. 늙으면 호기심이 많아져서 가끔 주체할 수가 없다네."

그때 해명이 해륜에게 슬쩍 농을 건넸다.

"어허, 출가외인이라더니 사제는 벌써부터 담 공자 편을 들어 스승님을 민망하게 하는 것이냐?"

"사, 사형은 무슨 말도 안 되는 말을 하십니까!"

해명이 짓궂은 농담에 해륜이 펄쩍 뛰었다.

"남궁영재는 어떻게 되었소?"

원무가 궁금함을 참지 못하고 물었다.

"죽었소."

"무량수불! 공자가 참으로 큰일을 했네그려! 이 늙은이가 하늘을 대신해 감사드리네!"

도현이 무척 기뻐하며 담천을 치하했다.

천사궁의 사명이 바로 마귀들을 척살해 세상을 구하는 것이다.

마귀들과는 결코 한 하늘을 이고 살 수 없는 그들이었다.

게다가 진마는 천사궁의 궁주인 도현조차도 승부를 장담할 수 없는 무서운 존재였다.

그런 진마를 담천이 죽였으니, 천사궁의 도사들 입장에선 호감을 가질 수밖에 없었다.

"응?"

기뻐하던 도현이 무언가를 발견한 듯 갑자기 담천을 자세히 살폈다.

"자네의 몸에 흐르는 기운이 무척 특이하군? 선기도 섞여 있는 것 같고……."

담천의 눈에 이채가 일었다.

서문광천조차 몰랐던 암혼기를 도현이 알아본 것이다.

역시 천사궁의 궁주였다.

잠시 생각에 잠겨 있던 도현이 말을 이었다.

"흠…… 선기야 원래가 다른 기운과 잘 섞이고 순수한 기운이니 문제는 없는데, 본래 자네가 가지고 있는 기운은 상당히 불안정해 보이는군."

도현이 고개를 갸웃거리며 말했다.

"그, 그럼 담 공자에게 무슨 일이라도 생기는 것입니까?"

해륜이 걱정스러운 눈빛으로 물었다.

"흠……. 글쎄, 이렇게 겉으로 봐서는 정확히 알 수가 없어서……."

실눈을 뜨고 담천을 살피던 도현이 조심스럽게 말했다.

"혹시 괜찮다면 내가 잠시 자네의 몸을 살펴봐도 되겠나?"

담천은 잠시 망설였다.

어차피 복수가 끝난 마당에 몸에 무슨 일이 생긴다고 해도 이제는 별로 신경 쓰고 싶지 않았다.

이미 한 번 죽었던 몸. 지금의 삶 자체가 결국엔 빌린 것에 불과하기 때문이다.

그나마 남궁영재가 남긴 꺼림칙한 의문들 때문에 아직 모든 걸 놓지 않았을 뿐이었다.

게다가 암혼기를 쉽게 알아차린 도현이라면 자칫 담천의 정체를 들킬 위험도 있었다.

"그렇게 하십시오."

하지만 속마음과 달리 담천은 자신의 몸을 살피는 것을 순순히 허락했다.

복수를 도와준 것에 대한 답례였다.

해륜이 의외라는 듯 담천을 바라봤다.

냉랭하고 차갑던 평상시 담천의 모습을 생각하면 무척 이례적인 일이었다.

"어디 보자……."

도현이 담천의 손목을 쥔 후 지그시 눈을 감았다.

도현의 사제들과 해륜, 해명, 원무까지 모두 그 모습을 흥미롭게 지켜봤다.

어느 순간 담천은 몸속으로 청량한 기운이 흘러 들어오는 것을 느꼈다.

그것은 선기(仙氣)였다.

장두가 가지고 있던 그것만큼은 아니었으나, 무척이나 순수하고 농도가 짙은 선기가 담천의 몸을 여기저기 누볐다.

"흐음……."

담천 역시 호기심이 일어 자신의 몸 안에서 일어나는 일을 조심스럽게 관찰했다.

암혼기는 몸 안으로 들어온 선기를 아무런 거리낌 없이 받아들였다.

암혼기와 섞인 선기는 둘이지만, 마치 하나인 듯 몸 안을 움직였다.

일전에 장두의 기운을 받아들였을 때나, 마귀들의 기운을 받아들일 때도 암혼기는 항상 아무린 충돌이나 거부감 없이 모든 종류의 기운을 흡수했었다.

무척 특이한 성질을 가지고 있는 것이 분명했다.

마귀의 기운과 선기는 상극의 성질을 가지고 있었다.

한데 암혼기와는 둘 모두 아무린 부작용 없이 섞인 것이다.

"이것은?"

그때 도현이 놀란 얼굴로 담천의 손목에서 손을 뗐다.

"스승님! 무슨 일인데 그러십니까?"

도현의 표정이 심상치 않자 해륜이 걱정스러운 얼굴로 물었다.

도현이 눈살을 찌푸리며 고개를 갸웃 거렸다.

"스승님! 답답합니다. 속 시원하게 좀 말씀해 주십시오!"

이번엔 해명이 급한 성미를 참지 못하고 나섰다.

당사자인 담천은 가만히 있는데, 오히려 주변 사람들이 더 난리였다.

"지금 담 공자의 몸에는 세 가지 기운이 존재하고 있다. 하나는 선기이고, 다른 하나는 담 공자가 원래 가지고 있던 정체불명의 기운, 나머지 하나는 그 성질로 보아

아마도 마귀들의 기운일 것이다."

다른 이들 역시 담천이 마귀들의 기운을 흡수할 수 있다는 사실을 알고 있기에 그다지 놀라지는 않는 모습이었다.

"한데 세 가지 기운은 섞이지 않은 듯하면서도 마치 하나와 같이 움직이지. 분명 세 가지 기운의 성격이 그대로 남아 있는데, 전혀 충돌하지 않고 하나의 기운처럼 움직이고 있어. 무척 특이한 일이지. 아마도 그것은 담 공자가 가지고 있는 본래의 기운 때문인 듯한데, 그 기운은 그야말로 무색무취하다 할 정도로 아무런 특징도 없고, 특별한 성질을 전혀 느낄 수가 없구나. 색깔로 따지자면 마치 회색처럼 말이야."

그다지 신경을 쓰지 않던 담천도 점점 도현의 이야기에 빠져들었다.

아무래도 자신의 몸에 대한 이야기인지라 본능적으로 호기심이 일었던 것이다.

잠시 담천을 한 번 바라본 도현이 말을 이었다.

"내가 알기로 이런 종류의 기운은 하나밖에 없다."

모두의 시선이 도현에게 집중됐다.

"나도 책으로만 읽었지 접해 보는 것은 처음이라 확신할 수는 없다만, 아마도 담 공자의 몸에 흐르고 있는 기운은 혼원기 같구나."

"혼원기요?"

"그래, 오래전 천사궁을 세우신 사조께서 남기신 책에 나오는 이야기니 아마 너희들은 처음 들어 보는 것일 게야. 본래 혼원기는 우주가 만들어지기 전부터 존재하던 태초의 기운이라 하는구나. 음도 양도 아닌 무극을 넘어선 혼돈의 기운이지. 존재하되 존재하지 않는 것이 바로 혼원기의 성질. 모든 기운이 혼원기로부터 나왔으니, 당연히 어떠한 기운과도 충돌하지 않고 섞이는 것이지. 마치 강물이 바다로 흘러 들어가듯 모든 기운은 혼원기와 본능적으로 하나가 되려는 성질을 가지고 있다는구나."

"하면 혼원기야말로 가장 강한 기운이 아닙니까?"

해명이 호기심 많은 아이와 같은 얼굴로 물었다.

"글쎄, 나도 사조님의 책에 적혀 있는 것 외에는 아는 것이 없어서 딱히 뭐라 말할 수는 없구나. 하지만 아마도 혼원기는 강하다 약하다로 표현할 수 있는 성질의 것은 아닌 듯하구나."

잠시 도현의 이야기에 귀를 기울이던 담천은 금세 흥미를 잃었다.

현재 담천의 유일한 관심사는 남궁영재로 인해 생긴 의문들에 대해 확인하는 것이었다.

혼주라는 자에게는 미안하지만, 봉혼단시의 계약 역시 지금은 무의미했다.

그때 다시 들려온 도현의 이야기에 담천의 생각이 멈췄다.

"이상하군. 혼원기는 인간의 몸에 머물 수 없는 기운이라 했는데……."

놀란 담천의 시선이 도현을 향했다.

자신이 이미 죽은 사람임이 밝혀질까 걱정되었던 것이다.

"스승님, 그게 무슨 말씀이십니까?"

해명의 물음에 도현이 차분히 말을 이었다.

"본래 혼원기는 인간을 초월한 존재들이 사용하는 기운이다. 신선이나 천신, 마신들이 사용하는 기운이 바로 혼원기이니라. 그것은 바로 극의(極意)를 깨달아 인간의 굴레를 벗어난 존재들만이 태초의 기운인 혼원기를 온전히 통제할 수 있기 때문이다."

"그럼 담 공자가 신선이라도 된다는 말씀이십니까? 에이……."

해명이 말도 되지 않는다는 표정으로 손사래를 쳤다.

"그래서 이상하다는 것이야. 해서 나도 확신을 할 수 없는 것이고……. 다만 추측을 해 본다면, 아무래도 담 공자 몸 안에 존재하는 기운은 완전한 혼원기가 아닌 듯하다. 무언가 불안정해. 사조께서 남기신 책에 의하면 혼원기야말로 온 우주에서 가장 안정적인 기운이라 했는데…… 게다가 현재 담 공자의 육신은 조화가 깨져 있어."

담천은 속으로 깜짝 놀랐다.

천혜린의 술법으로 몸 상태를 숨기고 있음에도 도현이 알아차린 것이다.

하기야 암혼기의 존재를 눈치챌 정도이니 천혜린의 술법을 파악하는 것도 충분히 가능하리라.

"아마도 제가 익히고 있는 특수한 심법 때문에 그럴 것입니다."

담천이 해륜에게 그랬던 것처럼 변명을 했다.

모든 의문이 풀리고 복수가 끝났다는 것이 확인될 때까지는 아직 정체를 들켜서는 안 되었기 때문이다.

"그 이야기가 아니라네. 자네의 몸에 대해서는 해륜에게 이미 들어서 잘 알고 있네."

아마도 해륜이 서신을 통해 담천에 대해 이것저것 이야기한 모양이었다.

"내가 말하는 것은 자네의 신체 전체에 미세한 균열이 있다는 거야. 그것은 곧 혼원기가 불완전해 몸에 무리를 주고 있다는 것을 말하지. 자네의 신체가 놀라울 정도의 재생력을 가지고 있지 않았다면 벌써 문제가 생겼을 것이네."

도현의 말에 담천은 한숨 돌릴 수 있었다.

자신의 정체를 의심하는 것은 아닌 듯했기 때문이다.

몸이야 어차피 불사의 육신이 지닌 능력으로 인해 걱정할 필요가 없었다.

담천이 별것 아닌 듯한 표정을 짓자 도현이 정색을 하며 말했다.

"지금이야 괜찮겠으나, 언제 문제가 발생할지 모르는 상황이야. 잘못하면 목숨까지 위험할 수도 있다네. 해결책을 찾기 전까지는 혼원기의 사용을 되도록 자제하는 것이 좋을 것 같네."

"걱정해 주셔서 감사합니다. 궁주님의 말씀을 꼭 마음에 새기도록 하겠습니다."

말과 달리 실제 담천의 입장에선 암혼기의 사용에 거리낄 이유가 없었다.

이미 죽은 이가 목숨을 걱정할 필요도 없었고, 최악의 상황을 가정해 보더라도 현재의 육신이 죽음을 맞이하는 것인데, 그래 봐야 불사의 육신이 가진 권능에 의해 다시 부활할 것이니 담천에겐 전혀 문젯거리가 아닌 것이다.

"죄송합니다만 저는 정혼자인 혜린 소저를 만나야 해서 먼저 일어나야 할 것 같습니다. 해명, 해륜 도사의 스승이시면 저에게도 스승과 같으시니 내 집이다 생각하시고 편히 머물러 주십시오."

현재 담천에게 중요한 것은 남궁영재가 남긴 의문들이

102 봉마록

었다.

지금으로서는 이 문제들에 대해 상의할 사람은 천혜린이 유일했다.

어서 빨리 의문들을 풀고 모든 일을 마무리하고 싶은 마음뿐이었다.

"허허허, 이 늙은이가 주책없이 이야기가 너무 길었구만. 어쨌든 자네를 걱정해서 한 이야기니, 혹시라도 문제가 발생하거나 도움이 필요하면 주저 말고 찾아오게나."

도현이 현기가 어린 눈으로 다시 한 번 당부했다.

그는 무언가 할 말을 아끼는 듯 담천을 잠시 바라보더니 고개를 끄덕였다.

도현에게 감사의 인사를 올린 담천은 세가를 나서 천혜린에게로 향했다.

3장
의문

남궁영재의 실종은 남궁세가뿐 아니라 무벌 전체에 큰 충격을 줬다.

남궁영재가 누구인가?

무벌뿐 아니라 전 무림을 통틀어 최고의 후기지수였으며, 서문광천을 이을 가장 유력한 차기 벌주 후보이기도 했다.

다음 무림을 이끌 차세대 절대자가 바로 남궁영재였다.

무림인들 중 누구도 남궁영재가 천하제일인이 될 것을 의심하는 이는 없었다.

한데, 그런 그가 괴한에게 납치를 당한 것이다.

무벌로서는 손도 못 써 보고 후계자를 잃은 꼴이었으

니, 그야말로 권위가 땅에 떨어지는 상황이었다.

그 괴한의 정체가 바로 최근 혈사를 일으킨 복면인이란 사실은 더욱 큰 문제였다.

결국, 무벌 전체가 괴인에게 우롱당하고 있는 꼴이었기 때문이다.

분노한 서문광천은 무벌의 전 역량을 동원해 범인의 색출과 남궁영재를 구하는 데 총력을 기울일 것을 명했다.

의창과 가문들 전체에 전시에 준하는 갑(甲)급 동원령이 내려졌다.

모든 가문이 전력을 기울여 남궁영재와 그를 납치한 복면인을 찾는 데 집중했다.

의창의 혈사가 진씨세가, 제갈세가에 이어 이제는 남궁세가로 이어지고 있었다.

이제는 한 가문의 일을 넘어선 모두에게 위협이 되는 문제인 것이다.

◉

무황성 벌주 집무실.

폐관을 끝낸 서문광천과 공지가 마주 앉아 있었다.

서문광천의 얼굴은 잔뜩 상기되어 있었고 눈에는 핏발이 서 있었다.

표정이 시시각각으로 변하는 것이 무척 분노하고 있는 듯했다.

서문광천의 감정이 이토록 얼굴에 그대로 드러나는 일은 좀처럼 보기 드문 일이었다.

"대사는 이번 일을 어떻게 생각하시오?"

공지는 아무런 대답이 없었다.

"남궁영재를 납치한 복면인이 그간 혈사를 벌인 자라면……."

서문광천이 중간에 말을 멈추고 생각에 잠겼다.

그동안 복면인은 양화를 제외하고는 마귀와 관련된 자들을 노렸다.

양화 또한 정보대에서 확인한 결과로는 몇 가지 의심스러운 점이 발견되었다.

'하면, 남궁영재도 마귀와 관련이 있다는 이야기인가? 아니면 남궁세가가 관련이 있는 것인가?'

믿기지 않는 일이었다.

남궁세가의 장남이자 무림의 신성으로 추앙받던 그가 무엇이 아쉬워 마귀와 연관이 된단 말인가.

"양화와 남궁영재가 모종의 관계가 있는 정황들이 드러난 이상 충분히 의심스러운 상황이오."

잠자코 있던 공지가 입을 열었다.

정보대가 발견해 낸 사실들 중 하나가 양화가 남궁영재

와 비밀리에 연락을 해 왔다는 것이다.

남궁영재가 직접 양화를 찾은 적은 없으나, 그 심복인 남궁태를 통해 여러 차례 접촉했음이 확인되었다.

만일 그들이 마귀와 연관되어 있다면, 복면인이 둘을 노린 이유가 설명되는 것이다.

"대체 무벌 내에 얼마나 많은 자가 마귀와 연계가 된 것인가!"

서문광천이 답답함을 참지 못하고 고함을 쳤다.

그의 얼굴은 분을 이기지 못하고 실룩거리고 있었다.

그답지 않은 극심한 감정의 변화였다.

그 모습을 공지가 물끄러미 바라봤다.

"젠장! 대체 문상은 무엇을 하고 있었단 말인가! 이대로라면 무벌이 전 강호에 웃음거리로 전락하게 될 게 불을 보듯 훤해!"

이미 밝혀진 것만 해도 무벌로서는 상당한 타격이었다.

하지만 이것이 전부라고 장담할 수 없었다.

아직 밝혀지지 않은 자들까지 있다고 생각하면 자칫 무벌 자체가 붕괴될 수 있는 심각한 상황인 것이다.

한참을 씩씩거리다 간신히 분을 삭인 서문광천이 다시 입을 열었다.

"어찌 되었든 이제 더 이상 복면인을 묵과할 수는 없게 되었소! 그가 무벌이 아닌 마귀를 노린다 해도 이미 우리에게 너무 많은 타격을 입혔소. 놈을 처리하지 못하면 나도 무벌도 더 이상 지금의 자리를 유지하기 힘들 것이오. 나와 한 배를 탔다는 사실을 잊은 것이 아니라면 대사도 이번 일에 힘을 보태시오!"

서문광천이 공지를 노려봤다.

미적지근한 그의 태도가 마음에 들지 않았던 것이다.

"알겠소."

짧게 답한 공지가 무표정한 얼굴로 집무실을 나섰다.

'언젠간 그 잘난 콧대를 꺾을 날이 있을 것이다!'

서문광천의 날카로운 시선이 방을 나서는 공지의 뒷모습을 쫓았다.

"어서 오세요. 드디어 그대가 원하던 복수를 한 것을 축하드려요."

방으로 들어서는 담천에게 천혜린이 축하 인사를 건넸다.

담천이 아무런 대답도 없이 자리에 앉았다.

"소원을 이룬 사람치고는 안색이 별로 좋지 않군요. 무슨 문제라도 있나요? 복수 뒤의 허무함 뭐 그런 건가요?"

천혜린이 입가에 엷은 미소를 띠우며 말했다.

"혹시 복수가 끝났다고 이젠 계약을 이행하지 않으려는 것은 아니겠지요?"

담천은 속으로 뜨끔했으나 일단 가타부타 대답하지 않았다.

우선은 복수가 완전히 끝난 것인지 확인하는 문제가 더 중요했다. 그리고 그전까지는 천혜린의 도움이 필요했다.

담천이 고개를 들어 천혜린을 응시했다.

"그대는 남궁영재가 무슨 이유로 초씨세가를 멸문시켰다고 생각하는가?"

뜬금없는 물음에 천혜린이 무언가 의중을 파악해 보려는 듯 잠시 담천을 뚫어져라 쳐다봤다.

"갑자기 무슨 소린가요? 그 이유야 놈에게 들어야 하는 것 아닌지요? 혹시, 놈이 끝까지 사실을 숨기던가요? 흐음…… 그렇군요……."

무슨 일인지 짐작이 간다는 듯 천혜린이 고개를 끄덕였다.

"사실 저도 그것이 궁금하긴 해요. 왜 남궁영재가 초씨세가처럼 보잘것없는, 아! 미안해요. 그대의 가문을 비하하려는 것은 아니에요. 어쨌든 남궁영재가 얻을 것도 없는 초씨세가를 멸문시킨 것은 의아한 일이지요."

턱을 어루만지며 천혜린이 생각에 잠겼다.

"놈은 뭐라 하던가요?"

"나를 비웃더군."

"자신이 벌인 일이 아니라는 것인가요?"

"그런 셈이지."

"글쎄요. 놈의 말을 믿을 수 있을까요? 당신이 직접 추적해서 잡은 범인 아닌가요? 만일 놈이 범인이 아니라면, 양화가 당신에게 거짓말을 했다는 이야기인데, 그 바보 같은 자가 그럴 능력이 있을까요?"

천혜린이 회의적인 얼굴로 말했다.

담천도 같은 생각을 했었다.

남궁영재가 남긴 마지막 말대로라면, 양화가 의심스러운 상황이었다.

결국 남궁영재를 범인으로 지목하게 된 것은 양화가 남궁태를 복면인으로 지목했기 때문이다.

하지만 양화가 그 정도 치밀한 음모를 꾸몄다고는 믿어지지 않았다.

"그건 그렇고, 이제 진마를 상대하는 데 전혀 무리가 없는 것 같군요. 남궁영재의 힘까지 흡수했으니 혈마라 해도 해볼 만하겠어요."

천혜린이 화제를 돌렸다.

머리가 복잡한 담천은 천혜린의 이야기가 귀에 잘 들어오지 않았다.

"제가 알기로 이제 진마는 몇 남지 않았어요. 복수뿐

아니라 임무도 이제 끝이 보이는군요. 그때가 되면 우리의 계약도 끝나겠지요."

"계약이 끝나면 어떻게 되는 거지?"

문득 생각난 듯 담천이 물었다.

"글쎄요. 저도 정확히는 알 수 없지만, 상관없는 일 아닌가요? 어차피 한 번 죽었던 몸인데, 혹시 지상에 미련이라도 남은 건가요?"

천혜린이 호기심 어린 얼굴로 물었다.

담천이 피식 웃었다.

하기야 자신이 생각해 봐도 의미 없는 질문이었다.

복수를 위해 빌린 삶이다.

복수가 끝나면 다시 원래의 자리로 돌아가는 것이 당연한 일이었다.

미련이라면 물론 있다.

서문유향…… 그녀가 머릿속에 떠올랐던 것이다.

하지만 그녀는 산 사람이고 자신은 죽은 사람이다.

게다가 지금은 초유벽이 아닌 담천이다.

그녀를 생각하는 것 자체가 너무 큰 욕심인 것이다.

"남궁영재를 상대하는 것은 어렵지 않았나요? 천사궁과 수불도 일행이 함께 같으니 크게 걱정은 안 했지만, 그래도 진마라 만만치 않았을 듯한데요."

"놈이 진마를 하나 더 데리고 오는 바람에 위험할 뻔했지."

천혜린의 눈이 휘둥그레졌다.

"진마가 하나 더 나타나다니 그럼 둘을 잡았다는 건가요?"

남궁영재 하나를 상대한 것도 아니고 진마를 둘씩이나 상대하고도 이렇게 무사하다니 놀라지 않을 수 없었다.

"하나는 놓쳤다고 하더군."

천혜린이 미간을 찌푸렸다.

담천의 말투는 나머지 진마를 하나를 다른 일행이 상대했다는 투가 아닌가.

"그 도사와 중이 진마를 상대했단 말인가요?"

천혜린으로서는 도저히 믿을 수 없는 일이었다.

"운이 좋게도 마침 천사궁 궁주와 그 사형제들이 도착하는 바람에 놈들을 물리칠 수 있었다."

"천사궁 궁주라고요?"

천혜린의 눈동자에 묘한 빛이 일었다.

"그들이 드디어 출도했군요. 하기야 마귀들이 이렇게 날뛰니 그들도 움직일 수밖에 없었겠지요. 하면, 그들 역시 담씨세가에 머물고 있겠군요?"

담천이 고개를 끄덕였다.

"뭐 어차피 마귀를 잡는 데 훨씬 도움이 될 테니 잘된 일이라 할 수 있겠군요."

무언가를 생각하는 듯 천혜린의 시선이 빈 허공을 향했다.

"나는 이만 돌아가 봐야겠군."

담천이 자리에서 일어났다.

남궁영재와 관련해 천혜린에게 얻을 것이 없다 여긴 것이다.

담천이 문을 나서는데도 천혜린은 골똘히 생각에 빠져 있었다. 다른 때 같으면 농이라도 던져 담천의 성질을 긁었을 그녀였는데 의외의 모습이었다.

담천은 '허' 하는 얼굴로 잠시 천혜린을 바라보다 그녀의 방을 빠져나왔다.

◑

우우우웅!

사방에 기괴한 문양이 그려진 열 평 남짓한 석실 한가운데 서문광천이 가부좌를 틀고 앉아 있었다.

그의 몸 주위로 투명한 기운들이 난폭하게 용틀임 쳤다.

구우우우웅!

화강암으로 이루어진 석실 벽이 거칠게 진동할 정도로 강력한 기세였다.

번쩍!

어느 순간 감았던 서문광천의 두 눈에서 신광이 터져

나오는가 싶더니 석실을 가득 메우던 기운들이 그의 정수리로 빨려 들어갔다.

"으음……."

얼굴이 붉게 상기된 서문광천이 신음을 토해 냈다.

"분명히 강해지긴 했는데……."

공지가 펼친 대법의 효과는 탁월했다.

그동안 돌파하지 못했던 벽을 깨고 드디어 신화경에 오른 것이다.

이제 서문광천은 거의 반신에 가까운 존재였다.

한 가지 걸리는 것은 대법을 시행한 이후로 감정의 조절이 쉽지 않다는 것이었다.

쉽게 흥분하게 되고 자신도 모르게 목소리를 높이는 일이 늘어나고 있었다.

신화경의 경지에 도달한 초인이 감정 조절이 쉽지 않다는 것은 말이 되지 않았다.

신화경에 이르면 그 무엇에도 흔들리지 않는 부동심 역시 얻게 되기 때문이다.

드르륵!

그때, 석실 문이 열리며 공지가 들어왔다.

서문광천의 미간에 주름이 잡혔다.

"무슨 일이오? 대법 중에는 방해를 받으면 안 된다고 말했던 것은 대사가 아니오? 그만큼 중요한 일이길 바라오."

서문광천의 목소리엔 짜증이 묻어 있었다.

"물론 중요한 일이오."

공지의 입가에 그 색깔을 알 수 없는 모호한 미소가 걸렸다.

서문광천이 못 마땅한 얼굴로 눈살을 찌푸렸다.

"말해 보시오."

"대법에 관해 할 이야기가 있소."

서문광천의 표정이 변했다.

그렇지 않아도 대법 이후에 변한 자신의 감정 상태에 대해 물어볼 참이었는데, 공지가 그에 대해 이야기한다니 관심이 갈 수밖에 없었다.

"그렇지 않아도 요즘 내가 느끼는 부작용에 대해 물어보려 했소. 대체 왜 이리 감정 조절이 힘든 것이오?"

공지의 입가에 다시 미소가 어렸다.

평소의 그에게서는 볼 수 없었던 모습이다.

"물론, 그것에 대해서도 모두 말해 주겠소. 우선은 이 환단부터 복용하시오."

공지가 소매에서 하나의 환단을 꺼내었다.

대법을 시행한 후 이틀에 한 알씩 복용하던 환단이었다.

공지가 직접 만들었다는 환단의 효과는 놀라웠다.

이미 초인의 경지에 이른 서문광천에게는 약이나 영물

이 소용이 없었다.

한데 공지가 만든 환단은 놀랍게도 서문광천의 육체와 몸 안의 기운을 변화시켰다.

이미 여러 번의 환골탈태를 통해 완벽해진 육신이기에 더 이상의 변화는 의미가 없다 여겼던 서문광천에게도 그것은 신세계였다.

현재 서문광천의 육신은 인간이되 인간이 아니었다.

또한 물질이되 물질이 아니기도 했다.

형체가 있으나, 한계가 존재하지 않았다.

서문광천의 육신은 마치 기의 응집체와 비슷한 상태였다. 아니, 사실 기의 응집체라기보다는 의지의 발현이라고 보는 것이 맞았다.

그가 스스로를 서문광천이라고 생각하기 때문에 서문광천의 육신이 모습을 유지하고 있는 것이다.

마치 우주가 거대한 생명체라면 서문광천은 그 심장이 된 듯한 느낌이었다.

어쨌든 그래서 서문광천은 못마땅하지만 공지의 말을 따를 수밖에 없었다.

스윽!

환단이 공지의 손에서 사라지더니 어느새 서문광천의 바로 앞 허공에서 나타났다.

공간이동!

허공섭물과는 차원이 다른 능력이다.

물질을 지배할 수 있는 신화경에 이르러야만 가능한 능력이었다.

스르륵!

환단이 먼지로 화해 서문광천의 몸으로 흡수되었다.

"그사이 또 성취가 있었구려. 축하하오."

공지의 말에 서문광천이 거만한 미소를 지었다.

"그래, 대법에 대해 할 말이라는 것이 뭐요?"

잠시 서문광천을 뚫어져라 바라보던 공지가 입을 열었다.

"대법을 시행하기 전에 내가 미리 벌주에게 다짐을 받았던 것을 기억하오? 어떠한 대가도 치룰 수 있냐고 물었던 것 말이오."

서문광천이 귀찮다는 듯 눈살을 찌푸렸다.

"본론만 이야기하시오."

씨익!

다시 한 번 엷은 미소를 지은 공지가 말을 이었다.

"좋소. 부작용에 대해 이야기해 주겠소. 사실 그대는 지금 신화경에 도달한 것이 아니오."

서문광천의 눈썹이 치켜 올라갔다.

"무슨 소리요!"

"대법을 이용해 억지로 그와 비슷한 효과를 내고는 있

지만, 진정한 신화경의 경지와는 다르오. 하지만 그만큼 강해진 것은 사실이오."

서문광천이 불쾌한 얼굴로 공지를 노려봤다.

지금껏 신화경에 올랐다 생각한 것이 결국, 착각이었던 것이다.

하지만 자신이 예전보다 월등히 강해진 것만은 분명하니 그리 문제될 것은 없었다.

"별주의 감정 조절에 문제가 생긴 가장 큰 이유는 그것이 아니오."

"또 다른 문제가 있다는 말이오?"

"그렇소."

잠시 깊이를 짐작할 수 없는 눈으로 서문광천을 응시하던 공지의 입가에 이번엔 좀 더 짙은 미소가 걸렸다.

서문광천은 공지의 모습에서 뭔가 평상시와 다른 이질감을 느꼈다.

"그대는 지금 나를 비웃고 있는 것이오?"

갑자기 짜증이 몰려왔다.

공지는 서문광천의 말을 무시한 채 이야기를 이어 갔다.

"감정 조절에 문제가 생긴 것은 혼이 그대의 육신과 분리되려는 전조요. 혼백의 조화가 깨져 서로 간의 연결과 통제에 균열이 생긴 것이오."

"공지! 그게 무슨 소리요!"

놀란 서문광천이 가부좌를 풀고 자리에서 벌떡 일어섰다.

혼이 분리된다는 것이 대체 무슨 말인가!

공지의 태도를 보아 자신에게 무언가를 꾸민 것이 분명했다.

"대답에 따라 그대는 살아남지 못할 것이오!"

서문광천의 두 눈에선 살기가 흘러나오기 시작했다.

그러나 공지는 여유를 잃지 않고 말을 이어 갔다.

"다시 처음으로 돌아가서, 대법을 시행하기 전에 강해지기 위해서는 어떠한 대가도 치루겠다고 약속했던 것을 기억할 것이오."

서문광천은 무언가 일이 잘못되었음을 느꼈다.

"오늘이 바로 그 대가를 치룰 시간이오."

순간, 공지가 자신의 손가락을 깨물더니 피를 한 방울 바닥에 떨어뜨렸다.

"놈! 무슨 수작이냐!"

심상치 않음을 느낀 서문광천이 공지를 향해 몸을 날렸다.

우우우우우웅!

"커헉!"

하지만 서문광천의 몸은 그의 뜻을 따라 주지 않았다.

어찌 된 일인지 갑자기 손가락 하나 움직일 수 없었던 것이다.

마치 관 짝에 갇힌 것처럼 몸이 무언가에 꽉 잡혀 있는 느낌이었다.

"이놈! 대체 무슨 짓을 한 것이냐! 감히 네놈이 네게!"

서문광천의 고함 소리를 아랑곳 않고 공지가 뜻을 알 수 없는 주문을 외웠다.

순간 나직한 공지의 목소리가 석실을 가득 메웠다.

우우우우우웅!

동시에 석실 전체에 그려진 문양들에서 빛이 터져 나왔다.

"크으으윽!"

극심한 두통이 서문광천을 강타했다.

마치 뇌가 녹아내리는 듯한 고통에 서문광천은 비명을 질렀다.

공지의 목소리가 커질수록 서문광천의 정신이 점점 흐릿해져 갔다.

우우우우우우웅!

일각이 넘게 계속되던 주문이 갑자기 뚝 멈췄다.

석실을 가득 채웠던 빛 역시 사라지고 정적이 내려앉았다.

아무런 움직임도 없이 석실 한가운데 석상처럼 서 있는

서문광천을 향해 공지가 천천히 걸음을 옮겼다.

서문광천의 눈동자는 초점이 사라져 있었다.

"너는 누구인가?"

공지가 묻자 서문광천의 눈동자에 생기가 돌아왔다.

"나는 서문광천이다!"

"너의 주인은 누구인가?"

서문광천이 지체하지 않고 대답했다.

"나의 주인은 공지 그대다!"

서문광천의 대답에 만족한 듯 공지의 미소가 짙어졌다.

장원으로 돌아온 담천을 맞이한 것은 뜻밖의 손님이었
다.

"혹시, 당신의 짓인가요?"

담천을 보자마자 질문부터 하는 그녀는 바로 서문유향
이었다.

"무슨 소리요?"

"이번 남궁 공자의 사건. 당신이 그런 것인가요?"

갑작스런 물음에 담천은 잠시 동안 아무 말도 할 수 없
었다.

가슴이 철렁 내려앉는 것을 간신히 수습했다.

어떻게 그녀가 자신과 남궁영재를 연결시킨 건지 도무지 알 수 없었다.

"대체 무슨 이유로 나에게 그런 질문을 하는 것이오?"

담천이 속마음을 감춘 채 최대한 침착하게 되물었다.

서문유향은 초점 없는 눈으로 담천을 바라봤다.

그 모습에 담천은 속이 타들어 가는 듯했다.

그녀의 눈 역시 자신으로 인해 저렇게 된 것이다.

"이번 사건의 범인이 그간 의창의 혈사들을 일으킨 복면인이라는 이야기를 들었어요. 저는 어쩐지 그 복면인이 당신이라는 느낌이 드는군요."

"왜 그렇게 생각하시오?"

목소리는 차분했으나, 담천의 가슴은 금방이라도 터질 것처럼 떨고 있었다.

정체를 들키면 안 된다는 생각을 하면서도 이 기회에 서문유향에게 자신이 초유벽임을 밝혀 버리자는 유혹이 그를 자꾸만 자극했다.

"일단 당신이라면 충분히 그럴 능력이 있다는 사실을 알고 있어요. 그리고, 굳이 자신의 힘과 정체를 드러내지 않는 이유가 당신이 복면인이기 때문인 것 같거든요. 물론 조금은 억지라는 것도 알아요. 하지만 어쩐지 제 느낌엔 당신이 복면인과 관계가 있는 것처럼 보이는군요."

어찌 보면 아무런 근거도 없는 이야기였다.

"그냥 느낌 때문이라면 나도 달리 할 말은 없소. 소저의 느낌을 반박할 만한 여지가 없어서 말이오."

담천이 어이없다는 얼굴로 말했다.

잠시 망설이는 듯하던 서문유향이 다시 입을 열었다.

"사실, 제가 쓰러졌던 날. 당신이 진마의 기운을 흡수한다는 천 소저의 이야기를 들었어요. 그것은 복면인의 특징 중 하나가 아닌가요?"

담천이 쓸쓸한 미소를 머금었다.

염마를 처치하고 나서 나눈 이야기를 들었던 모양이다.

하기야 기절한 상태에서도 소리는 들을 수 있다 하지 않았는가.

담천은 고민에 빠졌다.

혹시라도 서문유향이 그녀의 아버지에게 이 사실을 알린다면 큰일이었다.

'아니지……. 만일 그럴 마음이 있다면 이미 알렸을 테지…….'

대체 그녀가 원하는 것이 무엇인지 짐작이 가질 않았다.

"저는 당신을 탓하려는 게 아니에요. 당신이 혹시 남궁영재를 납치한 것이라면 무언가 이유가 있을 거라 믿어요. 그저 사실을 알고 싶을 뿐이에요."

잠시 어떻게 설명을 해야 하나 고민하던 담천이 입을

열었다.

"그가 바로 초씨세가를 멸문시킨 흉수요."

너무도 놀라운 말에 서문유향의 신형이 휘청였다.

"지, 지금, 뭐, 뭐라고 하신 건가요?"

비틀거리는 서문유향을 풍영이 얼른 부축했다.

그 모습이 너무 애처로워서 담천은 하마터면 달려가 그녀를 안을 뻔했다.

서문유향은 혼란스러운 듯 말을 잇지 못했다.

"남궁영재가 아이들을 납치해 피를 흡수하고 초씨세가의 짓으로 돌린 자라는 이야기요. 그는 인간이 아니라 마귀요."

서문유향은 도무지 정신을 차릴 수 없었다.

"남궁 공자가 그럴 리가……."

그다지 좋아하지는 않았으나, 항상 그녀에게 예를 다하고 정인군자의 모습을 보여 주던 그였다.

물론 그가 겉모습과 다르게 야망이 많고 욕심도 많음을 알고 있으나, 그런 참혹한 짓을 저지를 자라고는 전혀 믿어지지 않았다.

게다가 마귀라니.

"사실 나는 마귀들을 잡아야 하는 사정이 있소. 해서 마귀와 관련 있는 자들을 쫓던 중이오. 물론, 그 때문에 서문 소저를 구할 수 있었기도 하오."

서문유향은 아무 말 없이 담천의 말을 듣고 있었다.

"그러던 중 신창양가의 둘째 양화가 마귀와 관련이 있다는 것을 알게 되었소. 한데 양화를 조사하던 중 놈의 거처에서 비밀 석실을 발견했소. 그 석실에 무엇이 있었는 줄 아시오?"

담천이 애써 담담함을 가장한 채 물었다.

서문유향은 아직 믿어지지 않는 듯 의심의 눈초리로 담천을 물끄러미 바라봤다.

그런 서문유향을 보며 거짓말을 해야 하는 담천의 마음은 착잡하기 그지없었다.

대부분 사실이었으나, 결국 자신의 정체는 끝까지 밝힐 수 없는 것이다.

"그곳에 있었던 것은 바로 죽은 아이들의 흔적이오. 그리고 그 아이들의 피를 뽑아 내는 술법진이 그려져 있었소. 그 사실은 담씨세가에 머물고 있는 해륜 도고와 원무 스님이 직접 확인한 일이오."

천혜린의 눈동자가 흔들렸다.

아이들을 죽인 자가 양화라면 초씨세가의 멸문과 직결된 자였다.

"한데 계속 조사하다 보니 놈은 꼭두각시에 불과하고, 놈을 조정하는 자는 따로 있다는 사실을 알게 된 것이오."

담천은 양화를 고문한 일이나, 서로 거래했던 사실은

굳이 말하지 않았다.

서문유향에게 자신의 잔인한 면을 보이고 싶지 않았기 때문이다.

"그 조정자가 남궁영재라는 건가요?"

"그렇소. 또한 그가 마귀인 것도 확실하오. 나와 함께 지내고 있는 도사와 승려들은 천사궁과 수불도라는 곳의 제자요. 혹시 서문 소저가 옛날이야기에 관심이 만다면 들은 적이 있는 이름일 것이오."

천사궁과 수불도는 그야말로 전설 속의 문파였다.

실제로 봤다는 사람도 있고, 그저 이야기 속에만 존재하는 문파라는 이야기도 있었다.

서문유향도 어렸을 적에 유모가 해 주던 옛날이야기 중에서 어렴풋이 들었던 기억이 났다.

마신이 지상에 강림했는데, 천사궁과 수불도의 제자들이 목숨을 바쳐 세상을 구하는 내용이었다.

"그들도 직접 놈의 실체를 봤으니 틀림없는 사실이오. 물론, 그대가 그들마저 믿지 못하겠다면 나로서도 어쩔 수 없는 일이오."

담천이 말을 멈추고 서문유향이 마음을 정리하길 기다렸다. 그리 길지 않은 설명을 하는데, 마치 억겁의 시간이 지난 느낌이었다.

서문유향을 속여야 하는 상황이 너무도 싫었던 것이다.

잠시 멍하니 있던 서문유향이 천천히 입을 열었다.

"그자는 어떻게 됐나요?"

남궁영재를 그자라고 칭한 것을 보면 담천의 말을 믿기로 결심한 모양이었다.

"죽었소."

서문유향이 입술을 깨물었다.

속에서부터 참아 왔던 눈물이 그녀의 두 뺨을 타고 흘러내렸다.

초유벽을 죽인 자를 찾아낸다면 그의 죽음을 꼭 직접 보고 싶었다.

그에게 고통을 안겨 주고 싶었다.

한데 너무 허무하게 죽어 버린 것이다.

무언가 시원하다기보다는 화가 나고, 아쉬움이 남았다.

하지만 정인의 원수가 죽었다는 사실만은 기뻐할 일임이 분명했다.

억울하게 죽어 간 초유벽이 느꼈을 고통과 분노를 생각하니 눈물이 멈추지 않았다.

담천은 당장 달려가 서문유향의 눈물을 닦아 주고 싶은 마음을 어렵게 억누르고 있었다.

서문유향의 눈물이 멈출 때까지 담천은 조용히 기다렸다.

"고맙다는 말을 드리고 싶군요."

한참을 흐느낀 서문유향이 떨리는 목소리로 말했다.

목이 메는지 말소리가 군데군데 끊어져 나갔다.

"이제 서로의 거래가 끝났으니, 담 공자와 사사로이 만날 일은 없겠군요. 공자의 정체에 관해서는 결코 입 밖에 내지 않을 테니 안심하세요."

손수건으로 눈물 자국을 닦아 낸 서문유향이 힘없이 말했다.

담천은 무언가 말하고 싶었으나 그녀의 처연한 모습에 입이 떨어지지 않았다.

"그럼, 다시 한 번 감사드려요. 이 은혜는 반드시 보답할 것입니다."

서문유향은 담천이 있는 쪽을 향해 고개를 살짝 숙여 보인 후 풍영의 부축을 받으며 자신의 집으로 돌아갔다.

담천은 멀어지는 서문유향의 뒷모습을 한동안 응시했다.

'유향. 그대도 이제 부디 마음의 짐을 내려놓기를……..'

이제 자신은 그녀에게 아무것도 해 줄 수 없었다.

그녀는 그녀의 삶을 살아야 했다.

●

ㄷㄷㄷㄷㄷㄷ!

신녀봉 중턱에 위치한 동굴이 지진이라도 난 듯 진동했다.

쿠르르르르!

바위와 돌들이 조각이나 흩어지고, 땅은 갈라져 솟아올랐다.

번쩍!

어느 순간 동굴 입구에서 눈부신 광채가 터져 나왔다.

"크하하하하하!"

동시에 천지를 뒤흔드는 광소가 사방으로 울려 퍼졌다.

지진이 서서히 가라앉고 동굴 입구로 기껏해야 열여섯 일곱 쯤 되어 보이는 소년 하나가 모습을 드러냈다.

"후후후. 드디어 모든 기운을 내 것으로 만들었구나! 일단 서문광천 놈부터 처리해야겠다!"

모습을 드러낸 이의 정체는 바로 혈마였다.

그가 만귀비의 힘을 모두 흡수하고 드디어 세상으로 나온 것이다.

"오늘 나 혈마가 서문광천을 제물 삼아 이 땅의 지배자가 될 첫 발을 내딛을 것이다!"

눈에서 신광을 뿜어내며 혈마가 하늘로 솟구쳐 올라 사라졌다.

4장
혈마의 습격

퍼퍽!

의창 북쪽을 지키던 네 명의 경비 무사들의 머리가 동시에 터져 나갔다.

"저, 적이다!"

"침입자다! 신호를 올려라!"

보이지도 않는 공격에 경비 무사들이 사색이 되어 소리쳤다.

퍼퍼퍽!

다시 세 명의 무사가 바닥에 쓰러졌다.

희끗 희끗한 형체가 가끔 보일 뿐 침입자의 정체조차 파악할 수 없었다.

마지막 한 명을 제외한 경비대의 모든 무사가 쓰러지기까지는 그야말로 찰나였다.

피비린내가 사방을 진동했고, 그 가운데에 혈마가 유령처럼 모습을 드러냈다.

마지막 남은 경비 무사는 두려움에 바지를 적시고 말았다.

"무황성이 어느 쪽이냐?"

경비 무사는 사시나무처럼 떨리는 손가락을 들어 무황성이 있는 방향을 가리켰다.

"고맙다."

퍼억!

경비 무사의 머리가 터져 나가고, 혈마의 신형이 연기처럼 사라졌다.

문상 제갈균이 급히 벌주 집무실로 뛰어 들어왔다.

"북쪽 경비대에서 신호용 폭죽이 올랐습니다! 적의 침입이 있는 듯합니다!"

공지와 함께 있던 서문광천이 고개를 들어 제갈균을 바라봤다.

"복면인인가?"

무미건조한 목소리가 흘러나왔다.

"아직 정체를 확인하지 못했습니다!"

콰아아아앙!

그때 폭음이 들려왔다.

"놈이 무황성을 노리고 있는 듯합니다!"

신호가 올라온 지 반 각도 지나지 않았는데 벌써 무황성에 도착했다는 것은 상대가 상상할 수 없는 고수라는 이야기였다.

"찾아온 손님은 정중하게 맞이해 줘야겠지."

서문광천이 공지와 함께 천천히 자리에서 일어섰다.

쉭! 쉬익!

"크악!"

"허억!"

"적이다!"

허공에 붉은 줄이 그려지자 무황성 무사들이 짚단처럼 쓰러졌다.

"나 혈마가 오늘 무황성을 접수하겠노라! 크하하하하!"

혈마의 광소가 무황성 전체에 울려 퍼졌다.

"혀, 혈마!"

"혀, 혈마다! 혈마가 쳐들어왔다!"

혈마라는 이름값이 주는 무게와 공포감은 무사들의 손발을 꽁꽁 얼어붙게 했다.

사악! 사삭!

퍼퍼퍼퍽!

수백 가닥의 적사가 우왕좌왕하는 무황성 무사들을 덮쳤다.

"크아악!"

"커헉!"

한 번에 삼십여 명의 무사들이 속절없이 쓰러졌다.

"상대가 너무 차이가 난다 보지 않는가?"

바로 그 순간 서문광천이 모습을 드러냈다.

그 뒤쪽에는 공지가 합장을 한 채 서 있었다.

"크하하하하! 꼴사납게 관군 뒤에 숨어 목숨을 건진 자 치고는 자신감이 넘치는군?"

모욕적인 말이었으나 서문광천은 꿈쩍도 하지 않았다.

"그때완 달라졌으니까."

우우우우웅!

서문광천의 몸에서 마치 안개와 같이 투명한 기운이 뻗어 나왔다.

기운 자체가 유형화된 것이다.

혈마의 눈빛이 달라졌다.

"이거 정말 재미있겠군!"

마치 호기심이 발동한 아이처럼 반짝이는 눈으로 서문광천을 바라봤다.

"이미 인간의 한계를 넘어섰군그래. 큭큭큭! 하지만 나도 한계를 넘어섰기는 마찬가지지."

지이이이이잉!

혈마의 육신이 변화를 일으켰다.

본신을 드러내려는 것이다.

온몸을 붉은 갑주로 감싼 혈마의 등에는 세 쌍의 날개가 돋아나 있었다.

음마 만귀비의 기운을 흡수하면서 능력까지도 흡수한 것이다.

고오오오오오!

날개가 움직이며 주변의 공간이 뒤틀렸다.

구구구구궁!

"크아악!"

"으윽!"

귀를 찢는 듯한 굉음에 무황성의 무사들이 머리를 부여잡고 주저앉았다.

역시 만귀비가 사용하던 탈혼음이었다.

"갈!"

그때, 서문광천의 사자후가 혈마가 만들어 낸 굉음을

밀어냈다.

"후후, 좋아! 놀아 볼 만하겠군!"

쉬쉬쉬쉭!

적사가 서문광천을 향해 쏘아져 나갔다.

그러자 서문광천의 몸에서 수십 자루의 빛의 검이 솟아났다. 서문광천을 중심으로 원을 그리며 회전하는 검들의 모습은 그야말로 인세에 보기 드문 장관이었다.

터터터텅!

쿠르르르릉!

빛의 검과 적사가 부딪히며 천둥이 치듯 천지가 울렸다.

빛의 검들이 마치 한 마리 용처럼 나선을 그리며 서문광천의 몸을 둘러쌌다.

파파파파팍!

혈마가 쏘아 낸 적사는 빛의 검을 뚫지 못하고 가루가 되어 흩어졌다.

위이이이잉!

순간 혈마의 머리 위로 주먹만 한 스무 개의 혈환이 모습을 드러냈다.

혈환은 종남산에서나 만귀비를 상대할 때보다 그 크기가 줄었으나, 숫자는 네 배나 늘어난 상태였다.

게다가 하나하나는 일전의 혈환보다 훨씬 압축된 강력

한 기운을 담고 있었다.

키이이이잉!

스무 개의 혈환이 마령음을 토해 내며 서문광천을 향해 쏘아졌다.

추추추추추추!

그러자 서문광천의 몸에서 퍼져 나오던 안개와 같은 기운이 짙어지며 물방울 모양의 결정을 이루기 시작했다.

은빛으로 반짝이는 결정들은 서문광천을 중심으로 구(球)를 이루었다.

혈환들이 서문광천을 타격하려는 순간 수백 개의 결정들이 마주 쏘아져 나갔다.

슈슈슈슈슉!

퍼퍼퍼펑!

하늘이 온통 폭죽놀이라도 하는 듯 폭발로 뒤덮였다.

혈환을 소멸시키고 남은 수백 개의 결정들이 혈마를 향해 날아갔다.

긴장감이 가득한 두 눈과 달리 혈마의 입가에는 미소가 걸려 있었다.

"크하하하하하!"

마치 이 상황이 너무도 즐겁다는 듯 혈마가 광소를 터뜨렸다.

서문광천의 실력은 혈마가 예상했던 것보다 훨씬 강했다.

만귀비의 기운까지 흡수한 상태에서도 승부를 장담할
수 없을 정도였다.

인간의 한계를 넘어선 것뿐 아니라 거의 신과 닿아 있
있던 것이다.

퍼퍼퍼퍼퍽!

혈마의 몸을 감싼 세 쌍의 날개 위로 기의 결정들이 부
딪혔다.

우우우우웅!

동시에 혈마를 중심으로 붉은 안개가 일어났다.

까가가가강!

안개는 마치 거대한 방패처럼 기의 결정들을 튕겨 냈
다.

스슷!

어느 순간 혈마의 신형이 연기처럼 사라졌다.

종남산에서처럼 직접 몸을 움직여 서문광천을 공격하려
는 것이다. 당시에 서문광천은 혈마의 속도를 잡아내지
못해 고전했었다.

하지만 이번에는 서문광천이 혈마의 움직임을 놓치지
않았다.

퍼퍼퍼퍼퍽!

허공에서 두 사람의 손발이 교차했다.

눈 깜짝할 사이에 수백 합의 공격과 방어가 이루어졌다.

그 속도가 너무도 빨라서 일반 무인들에게는 마치 온 하늘이 수백 명의 서문광천과 혈마로 뒤덮인 듯 보였다.

무려 반 각 가까이 이루어진 공방 끝에 갑자기 한 인형이 화살처럼 뒤로 튕겨 나갔다.

"크윽……."

놀랍게도 뒤로 튕겨 나간 것은 혈마였다.

세 쌍의 날개 중 한 쌍이 떨어져 나갈 정도로 큰 타격을 입은 상태였다.

"와아아아아!"

서문광천이 우위를 점하자 무황성 무사들의 함성이 천지를 덮었다.

"크흐흐흐! 그야말로 괴물이 되었구나!"

상당한 타격을 입었음에도 혈마는 전혀 개의치 않는 모습이었다.

피와 공포가 흐르는 진정한 싸움.

이런 즐거움이야말로 그가 원했던 것이다.

"크하하하! 어디 끝까지 가 보자!"

드드드드드!

혈마의 다섯 갈래로 땋은 머리카락이 하늘로 솟구쳐 올랐다.

촤라라라락!

마치 다섯 자루의 검처럼 날카로운 머리카락을 서문광

천에게 겨눈 채 혈마가 몸을 날렸다.

그때였다.

서문광천의 머리위에 거대한 열 자루의 황금빛 검이 나타났다. 그리고 그중 한 자루가 사라졌다.

쾅!

폭발과 함께 서문광천을 향해 돌진하던 혈마가 뒤로 밀려 나갔다.

쾅!

다시 한 자루의 검이 사라지고 혈마의 몸이 그만큼 더 뒤로 밀려났다.

연달아서 검이 한 자루씩 사라질 때마다 혈마는 폭발과 함께 뒤로 튕겨져 나갔다.

검의 움직임은 혈마조차 감지하지 못할 정도로 빨랐다.

신화경에 이른 자만이 사용할 수 있는 공간이동이 발휘된 것이다.

황금검이 공간을 격해 혈마를 타격해 버렸다.

쾅! 쾅! 쾅! 쾅!

열 자루의 검이 모두 작렬하는 동안 혈마는 아무것도 할 수 없었다.

보이지도 않는 검을 어떻게 막는단 말인가.

쿵!

혈마의 육신이 땅에 처박혔다.

"크으으……."

혈마가 비틀거리며 간신히 몸을 일으켰다.

멀찌감치에서 지켜보던 무황성의 무사들은 서문광천의 놀라운 신위에 기쁨을 감추지 못했다.

이제 서문광천의 승리는 기정사실이나 마찬가지였다.

"크윽! 대단하군! 크크크, 나 혈마가 인간 따위에게 무릎을 꿇을 줄이야. 하지만 쉽게 죽어 줄 수야 없지!"

혈마는 이를 드러내며 다시 자세를 잡았다.

이제는 본래 힘의 오 할밖에 발휘할 수 없는 상황이었지만, 자신은 혈마였다.

비굴하게 목숨을 구걸할 수는 없는 것이다.

"더러운 악의 종자여! 이제 세상에서 사라지거라!"

서문광천의 머리 위로 길이가 다섯 장은 될 듯한 거대한 황금 검이 나타났다.

우우우우우웅!

눈이 부실 정도로 빛나는 황금검이 점점 각도를 높이더니 검끝이 혈마를 향했다.

"잘 가거…… 헉!"

그때 서문광천의 움직임이 갑자기 멈췄다.

"크으으으……. 이, 이게 어떻게 된 것인가!"

갑자기 서문광천이 머리를 부여잡고 고통스러워했다.

"크윽……. 여기가 어디, 혀, 혈마 네놈! 크아악!"

서문광천은 고통을 참을 수 없는지 비명을 질러 댔다.

갑작스러운 상황에 모두들 어리둥절한 얼굴로 서문광천을 바라봤다.

혈마 역시 잠시 멍한 상태로 서문광천을 응시했다.

"이런. 아직 완전히 혼이 분리되지 않은 모양이군."

서문광천의 뒤쪽에서 싸움을 지켜보던 공지가 눈살을 찌푸리며 말했다.

아무래도 서문광천의 혼이 완전히 분리되지 않아 간섭이 일어난 듯했다.

혈마와의 전투 중에 받은 충격이 완전히 분리되지 않은 서문광천의 혼을 깨운 것이다.

서문광천의 상태에 무언가 이상이 생겼음을 감지한 혈마가 재빨리 혈환을 쏘아 냈다.

키아아아아앙!

마령음이 혼란스러운 서문광천의 정신을 더욱 흔들어 놓았다.

"이런!"

공지가 즉시 주문을 외웠다.

그러자 서문광천의 눈동자가 다시 흐릿해졌다.

콰콰콰콰쾅!

동시에 혈환이 서문광천의 몸에 작렬했다.

폭발과 함께 서문광천의 육신이 뒤로 날아가다 허공에 멈춰 섰다.

그의 옷은 여기저기 찢어져 있었고, 머리카락도 산발이 된 상태였다.

그럼에도 불구하고 찢어진 옷 사이로 드러난 육신은 상처 하나 없이 깨끗했다.

그 짧은 순간에 기의 결정을 만들어 내 혈환을 막아 낸 것이다.

하지만 얼마 가지 않아 서문광천이 또다시 비명을 질러 댔다.

"크아아악!"

"흥! 이 기회를 놓칠 수는 없지!"

기운을 최대한 끌어모은 혈마가 하늘로 솟구쳐 올랐다.

담천의 허리에 찬 노리개가 진동했다.

천혜린에게서 연락이 온 것이다.

—혈마가 습격해 왔어요! 지금 서문광천과 대치 중이에요!

사실 담천은 지금 혈마와 대결하고 싶은 마음이 별로 없었다.

현재 중요한 것은 남궁영재가 남긴 의문이 사실인지 여부를 확인하는 일이었기 때문이다.

"서문광천이 상대하고 있을 텐데 내가 갈 필요가 있을까? 자칫 양쪽의 공격을 받을 수도 있는데."

담천의 말은 사실이기도 했다.

무벌에서 혈안이 되어 쫓고 있는 담천이기에 서문광천이 그의 등장을 반가워할 리 없었다.

─지금 그런 문제를 따질 때가 아니에요. 서문광천이 쓰러지기 직전이에요. 만일 서문광천이 무너지면 서문 소저 또한 위험하다는 것을 모르지는 않겠지요?

서문유향이 위험하다는 말에 담천의 마음이 움직였다.

"좋아. 놈이 있는 곳이 어디지?"

─무황성이에요! 서둘러요!

담천은 일단 해륜 일행에게 향했다.

"오셨습니까?"

해륜이 반가운 얼굴로 담천을 맞이했다.

"무슨 일이라도 있습니까?"

담천의 표정이 심상치 않은 것을 느낀 원무가 물었다.

"지금 혈마가 무황성을 습격했소. 현재 서문광천과 대치 중인 듯하오."

담천의 목소리를 들었음인지, 도현이 숙소 문을 열고 나왔다.

"혈마가 습격했다고 했소? 놈도 진마였지?"

천사궁의 궁주로서 진마는 반드시 잡아야 할 주적(主敵)이었다.

"네, 그렇습니다. 해서 저는 지금 바로 무황성으로 출발하려 합니다."

"알겠네. 우리도 곧 자네의 뒤를 따르도록 하지."

도현에게 혈마의 습격을 알린 담천은 지체하지 않고 무황성을 향해 신형을 날렸다.

☯

"크아아아아!"

서문광천이 허공에서 비명을 지르다 머뭇거리기를 반복하자 지켜보는 무황성과 무벌의 무인들이 동요하기 시작했다.

"대체 벌주께서 왜 저러시는 거야?"

"혹시 마귀 놈의 술법에 당한 것 아니야?"

"저, 저러다 혈마에게 쓰러지면 우린 어떻게 되는 거지?"

그때 혈마가 허공으로 솟구쳐 올랐다.

쉬쉬쉬쉭!

수백 가닥의 적사가 서문광천을 연달아 두들겼다.

퍼퍼퍼퍼퍽!

하지만 기의 결정을 뚫는 데는 실패하고 말았다.

기의 결정으로 이루어진 방어벽이 워낙 단단한 이유도 있었으나, 계속된 부상으로 인해 혈마의 힘이 처음에 비해서 많이 약해졌기 때문이었다.

하지만 혈마 역시 이미 예상하고 있던 바였다.

혈마가 노리는 것은 따로 있었다.

그때 서문광천의 코앞까지 접근한 혈마의 칼날 같은 머리카락이 기의 결정을 파고들었다.

콰콰콱!

핏빛으로 빛나는 다섯 갈래의 날카로운 머리카락은 단단한 기의 결정을 단숨에 뚫고 들어갔다.

적사와의 충돌로 인해 엷어진 틈을 놓치지 않고 파고들어간 것이다.

푸욱!

핏빛 머리카락의 검이 서문광천의 어깨를 파고들었다.

본능적으로 몸을 트는 바람에 심장이 아닌 어깨에 꽂힌 것이다.

"크아악!"

서문광천이 고통스러운 듯 몸부림쳤다.

혈마의 눈이 예리하게 빛난다 싶은 순간, 그의 주먹이 머리카락이 뚫어 놓은 틈새로 꽂혔다.

콰앙!

폭음과 함께 서문광천의 육신이 뒤로 튕겨져 나갔다.

혈마가 그 뒤를 바짝 따라붙었다.

쾅! 쾅! 쾅! 쾅!

연달아서 혈마의 권격이 서문광천에게 작렬했다.

쉴 새 없이 이어지는 혈마의 공격을 그렇지 않아도 정신이 오락가락 하고 있는 서문광천어 막아 낼 수 있을 리가 없었다.

슈슈슈슈슉!

콰콰쾅!

결국 혈환에 직격 당한 서문광천이 땅에 떨어지고 말았다.

혈마가 가쁜 숨을 몰아쉬며 서문광천을 내려다봤다.

"후후후, 무슨 사정이 있는지 모르겠지만 내 알 바 아니지! 어쨌든 이제 끝을 내자!"

혈마의 핏빛 머리카락이 서문광천을 겨눴다.

이미 서문광천을 둘러쌌던 기의 결정도 사라진 상태였다.

"이런!"

공지가 다급히 앞으로 달려 나갔다.

이대로라면 서문광천이 위험했다.

서문광천이 무너지면, 혈마를 제지할 사람은 없다.

결국, 무벌과 의창은 혈마의 손에 떨어지게 될 것이다.

"금강여의천벽(金剛如意天壁)!"

공지가 진언을 외치자 황금빛 광채가 서문광천을 감쌌다.

수불도의 상승 술법 중 하나인 금강여의천벽이 모습을 드러낸 것이다.

"그걸로 막을 수 있을까? 후후후."

공지를 비웃은 혈마가 그대로 돌진했다.

이제는 제법 많이 모여든 무벌과 각 가문 무사들의 얼굴에 절망이 맴돌았다.

동시에 다섯 갈래의 머리카락이 서문광천을 향해 꽂혔다.

콰아아아앙!

순간, 혈마의 표정이 변했다.

"네놈은?"

갑자기 움직임을 멈춘 혈마가 금방이라도 잡아먹을 듯한 눈으로 앞쪽을 노려봤다.

흑의복면인 하나가 서문광천의 앞을 막아서고 있었다.

천혜린의 연락을 받은 담천이 그제야 현장에 도착한 것이다.

"종남산에서 만났던 놈이로구나?"

혈마가 단번에 담천을 알아봤다.

"그래……. 수상한 기운을 가지고 있던 애송이 놈……."

기억이 되살아나는 듯 혈마가 눈을 가늘게 떴다.

혈마의 기억 속에 있는 담천은 신경 쓸 필요조차 없을 정도로 보잘것없는 실력을 가지고 있었다.

하지만 사용하는 기운이 몹시 독특했기에 혈마의 흥미를 끌었었다. 게다가 혼과 백이 분리된 상태라는 것도 독특했다.

혈마의 시선이 담천 뒤쪽에 누워 있는 서문광천을 향했다.

공지가 씌워 놓은 금강여의천벽이 그대로 남아 있는 상태였다.

그것은 곧 담천이 자신의 공격을 모두 받아 냈다는 이야기이기도 했다.

"실력이 제법 늘었군?"

혈마의 입꼬리가 말려 올라갔다.

"네놈이 광마를 죽였나? 아, 그렇게 말하면 잘 모르겠군. 남궁영재 말이야."

혈마도 만귀비에게 들어 남궁영재가 광마임을 안 것이다.

담천이 조용히 고개를 끄덕였다.

남궁영재가 죽었다는 말에 무벌의 무사들 사이에서 소란이 일었다.

게다가 혈마는 남궁영재를 광마라는 이름으로 부르고 있었다.

아직 살아 있을 거라는 일말의 희망을 가지고 있던 남궁세가의 사람들은 분노해 담천에게 손가락질 했다.

"저, 저놈이 대공자를 죽였다!"

"남궁 공자께서 돌아가시다니! 그럴 리 없다!"

그 모습을 보고 혈마가 웃음을 터뜨렸다.

"큭큭큭, 재미있군. 인간들이 진마의 편을 들다니, 이거 먹잇감이 포식자의 편을 드는 꼴이군."

모순된 상황이었다.

인간이 진마인 남궁영재를 옹호하고, 오히려 진마를 죽인 담천을 적대시 하고 있는 것이다.

지금 자신들의 목숨이 담천에게 달려 있음을 모른단 말인가.

혈마의 말에 무사들의 표정이 딱딱하게 굳었다.

남궁영재가 마귀라니 도저히 믿을 수 없는 일이었다.

"마귀 놈의 말을 믿을 수 없다! 감히 남궁 공자를 모욕하다니!"

"저 두 놈이 작당을 한 것이 분명해!"

혈마 입가의 미소가 짙어졌다.

"주제도 모르는 놈들!"

그동안 꼼짝도 못하고 웅크리던 자들이 남궁영재에 대한 이야기를 듣고 날뛰는 모양이 너무도 가소로워 보였다.

당장 뜨거운 맛을 보여 주고 싶었으나, 어쨌든 혈마에겐 지금 인간들의 어리석음을 신경 쓸 여유가 없었다.

눈앞의 담천이 만만치 않은 상대라는 것을 느꼈기 때문이다. 게다가 혈마는 서문광천과의 대결에서 힘을 상당히 소진한 상태였다.

"버러지들은 신경 쓰지 말고 우리 할 일이나 할까?"

씨익!

혈마의 두 눈에 광기가 맺혔다.

속전속결을 하는 편이 혈마에게는 유리했다.

담천 역시 시간을 오래 끌고 싶은 마음이 없었기에 바로 배력공을 시전 했다.

우우우웅!

담천의 기세가 급격히 늘어난 것을 확인한 혈마가 깜짝 놀랐다.

이제는 오히려 힘이 빠진 혈마가 밀리는 양상이었다.

촤아아아악!

불리함을 감지한 혈마가 먼저 공격을 시작했다.

수백 가닥의 적사가 담천을 향해 쏘아졌다.

그러나 담천에게도 적사와 비슷한 것이 있었다.

바로 암혼기의 실이었다.

퍼퍼퍼퍼펑!

두 실들이 부딪히며 허공에서 폭발이 일어났다.

혈마의 얼굴이 일그러졌다.

암혼기의 실이 딱 봐도 자신의 적사를 흉내 낸 것이었기 때문이다.

담천이 자신을 놀리고 있다고 생각된 것이다.

"흥! 네놈이 언제까지 기고만장할지 두고 보자!"

분노한 얼굴로 혈마가 몸을 날렸다.

어느새 혈마의 머리 위에는 혈환이 생성되어 있었다.

담천은 돌진해 오는 혈마를 침착한 얼굴로 노려봤다.

슈슈슈슉!

열 개의 혈환이 담천을 향해 날아왔고, 그 뒤를 혈마가 덮쳐 오고 있었다.

순간 담천의 몸 주위로 암혼기가 소용돌이 쳤다.

쿠쿠쿠쿠쿵!

남궁영재의 기운까지 흡수한 터라 소용돌이의 두께는 무려 반 장이 넘었다.

콰콰콰콰쾅!

혈환이 암혼기의 소용돌이를 강타했다.

폭발에 소용돌이의 반이 날아갔다.

그 틈을 노려 혈마가 다섯 갈래 머리카락을 쑤셔 넣었다.

서문광천이 만든 기의 결정을 뚫었던 방법이다.

슈아아악!

그때, 담천이 천령검을 뽑아 들었다.

쩌어어엉!

파열음과 함께 담천과 혈마가 뒤로 튕겨 나갔다.

혈마의 안색은 딱딱하게 굳어 있었다.

회심의 일격이 너무 쉽게 막힌 것이다.

반면 담천은 비교적 침착한 얼굴로 혈마를 바라보고 있었다.

혈마의 실력이 생각보다 해볼 만했던 것이다.

아마도 서문광천과의 대결에서 힘을 많이 잃은 탓인 듯했다.

어쨌든 담천에게는 운이 따라 준 상황이었다.

담천은 되도록 빨리 승부를 내기로 했다.

무벌의 무사들의 숫자가 갈수록 늘어나고 있기 때문이었다.

그들이 담천을 막아선다면 상당히 귀찮아질 것이 분명했다.

스윽!

이번에는 담천이 먼저 움직였다.

움직인다 싶은 순간 담천의 신형은 어느새 혈마의 머리 위에 있었다.

번쩍!

담천이 가장 즐겨 쓰는 초식 일섬단일이 펼쳐졌다.

허공에서 수직이로 떨어지는 검에서 태산과도 같은 압력이 느껴졌다.

혈마의 다섯 머리카락이 교차하며 천령검을 막았다.

쩌저정!

담천은 이미 예상했다는 듯 멈추지 않고 회선탄류를 날렸다.

아무리 힘이 빠진 상태라고 하나 상대는 혈마였다. 단일 수로 제압한다는 것은 불가능에 가까웠다.

쉬이익!

충돌했던 탄력을 빌어 담천의 몸이 그대로 한 바퀴 회전했다.

천령검이 혈마의 육신을 왼쪽에서 오른쪽으로 횡으로 쓸어 갔다.

좌라라라락!

순간 세 쌍의 날개가 혈마의 몸을 감쌌다.

카가가강!

천령검이 날개를 때리며 불꽃이 튀었다.

동시에 혈마의 무릎이 담천의 턱을 향해 솟구쳤다.

담천이 상체를 급히 뒤로 꺾자 혈마의 무릎이 간발의 차로 코끝을 스치고 지나갔다.

뒤로 한 바퀴 공중제비를 한 담천이 천령검을 대각으로 두 번 휘둘렀다.

사삭!

남궁영재를 잡은 신월첩파(新月疊波)였다.

십자 모양으로 중첩된 검기가 쏜살같이 혈마를 덮쳤다.

콰아아앙!

혈마가 급히 날개로 몸을 보호했으나, 신월첩파의 위력을 모두 막아 내기엔 역부족이었다.

폭발과 함께 혈마의 신형이 십 장이나 뒤로 주욱 밀려났다.

아무래도 힘에 있어서는 담천이 앞서고 있었던 것이다.

담천은 선기를 놓치지 않기 위해 곧장 몸을 날렸다.

어느새 천령검 끝에는 암혼기가 소용돌이치고 있었다.

풍운십이검 칠 초 삭풍소월이 펼쳐진 것이다.

암혼기의 소용돌이가 혈마를 덮치는 동시에 담천의 몸에서 암혼기의 실들이 쏘아져 나왔다.

퍼퍼퍼퍼퍽!

"크윽!"

적사까지 동원해 담천의 공격을 막은 혈마였으나, 정면 대결은 힘이 넘치는 담천이 유리할 수밖에 없었다.

결국 자세가 흐트러진 혈마를 암혼기의 소용돌이가 그대로 직격했다.

콰콰쾅!

혈마가 실 끊어진 연처럼 뒤로 날아갔다.

승기를 잡은 담천은 그대로 암혼장을 시전 했다.

우우우우웅!

혈마가 미처 자세를 잡기도 전에 암혼장이 그의 몸을 잡아챘다.

"이런!"

혈마의 얼굴이 일그러졌다.

서문광천에 이어 담천에게도 밀리고 있는 것이다.

만귀비의 힘을 흡수한 뒤 세상에서 자신의 상대는 없다고 여겼던 혈마로서는 참을 수 없는 굴욕이었다.

물론 서문광천을 상대하기 전이라면 담천에게 이리 허무하게 밀리지 않았을 것이다.

아니, 오히려 혈마가 더 유리했을 가능성이 높았다.

하지만 가정은 의미가 없었다.

현실은 냉혹했고, 어쨌든 현재 자신은 담천에게 속절없이 밀리고 있는 상황이었다.

이대로 무너질 수 없다는 생각에 혈마가 몸속의 힘을 끌어모았다.

동귀어진을 하더라도 무기력한 패배를 당하지는 않겠다

고 마음먹은 것이다.

구우우우우웅!

혈마 주변의 대기가 진동하기 시작했다.

동시에 그의 붉었던 몸이 점차 검게 변해 갔다.

담천은 혈마의 변화된 모습에서 무언가 심상치 않음을 느꼈다.

마치 남궁영재의 광폭화와 비슷한 느낌이었다.

'무슨 짓을 하려는지는 몰라도 시간을 주면 안 되겠군!'

담천은 즉시 암혼기의 실과 천령검을 동시에 휘둘렀다.

수백 가닥의 암혼기의 실이 혈마를 덮쳤고, 그 뒤를 따라 담천이 몸을 날렸다.

천령검이 십자로 교차하며 혈마의 몸을 가르는 순간이었다.

번쩍!

강력한 섬광과 함께 혈마의 몸이 터져 나갔다.

잠력을 격발시켜 자신의 몸을 폭발시킨 것이다.

어차피 죽을 거라면 최대한 많은 인간들을 함께 데리고 가려는 혈마의 최후 발악이었다.

설마 혈마가 자폭을 할 것이라고는 전혀 예상 못했던 담천이기에 너무도 갑작스런 상황이었다.

급히 암혼기로 몸을 보호했으나 결국, 폭발에 휘말리고

말았다.

콰아아아앙!

담천의 신형이 폭발과 함께 뒤로 튕겨져 나갔다.

혈마를 중심으로 반경 삼십 장에 달하는 공간이 폭발에 휩쓸렸다.

그 안에 있던 무벌의 무사들은 비명조차 지르지 못하고 죽음을 맞이했다.

건물이며 나무들까지 하나 남아나지 않고 황량한 벌판으로 변해 버렸다.

"크으윽!"

십여 장을 넘게 날아간 담천이 간신히 몸을 일으켰다.

혈마가 자신의 목숨을 희생하면서까지 날린 마지막 일격이다보니 그 충격이 어마어마했다.

왼쪽 팔은 어디론가 떨어져 나가고, 천령검을 든 오른팔 역시 반쯤 뜯겨 나간 상태였다.

불사의 육신과 암혼기가 아니었으면 꼼짝없이 죽었을 것이다. 사실 지금의 상처만으로도 다른 이들 같았으면 죽음을 기다리고 있어야 했다.

담천은 일단 주변의 상황을 살폈다.

삼십 장 반경 내에 살아 있는 것이라곤 오직 공지와 서문광천뿐이었다.

거리도 제법 떨어져 있었던 데다가 공지가 펼친 '금강여의천벽'으로 인해 그 둘은 큰 타격을 받지 않은 상태였다.

하지만 서문광천은 혈마와 싸움의 여파 때문인지 아직도 정신을 차리지 못하고 있었다.

담천은 비틀거리며 혈마가 서 있던 자리로 걸어갔다.

놈의 기운을 흡수해 부상을 치료하려는 것이다.

'한데 몸이 다 터져 나갔으니 어떻게 놈의 기운을 흡수하지?'

담천이 이런 의문을 머리에 떠올린 순간 주변의 공간이 진동하기 시작했다.

구우우우웅!

동시에 바닥에 떨어진 파편들과 시신들이 허공으로 떠올랐다.

드드드드드!

대지가 지진이 난 것처럼 진동하더니 담천을 중심으로 하나의 소용돌이가 생겨났다.

콰콰콰콰콰!

허공으로 떠오른 파편들과 부유물들이 담천을 중심으로 거대한 회오리를 형성했다.

주변의 모든 것을 빨아들이는 강력한 흡인력에 공지가 필사적으로 버티는 모습이 보였다.

담천은 어느새 눈을 감고 있는 상태였다.

기의 흐름이 자신을 향한 순간부터 담천은 이것이 혈마

의 기운이 자신에게 흡수되는 현상임을 알고 있었다.

하지만 기운의 양이 너무도 많아 이전과는 비교도 안 되는 규모로 진행되고 있는 것이다.

남궁영재 때의 세 배가 넘어가는 막대한 기운이 한꺼번에 유입되자 담천도 다른 곳에 한눈팔 여유가 없었다.

어마어마한 양의 기운이 담천의 백회혈과 왼쪽 가슴으로 동시에 빨려 들어왔다.

담천을 중심으로 반경 오 장이 넘는 거대한 기의 고치가 생겨났다.

콰콰콰콰콰콰!

붉고 검은 기운의 소용돌이가 담천을 삼켜 버렸다.

서문광천을 데리고 간신히 바깥쪽으로 몸을 빼낸 공지가 경악스러운 얼굴로 그 모습을 지켜봤다.

"대사 어찌 된 것이오? 벌주께서는 무사하시오?"

그제야 현장에 도착한 문상 제갈균이 놀란 얼굴로 물었다.

그의 눈앞에 펼쳐진 광경이 도저히 현실 같이 느껴지지 않았기 때문이다.

뒤이어 각 가문의 수장들이 하나둘씩 모습을 드러냈다.

아마도 상황을 살피며 눈치를 보다 혈마가 죽자 이제야 모습을 드러내는 것이리라.

공지는 아무 대답 없이 서문광천의 상태를 살폈다.

다행히 자잘한 외상 외에는 큰 문제가 없어 보였다.

어차피 서문광천의 몸은 인간을 넘어선 상태라 벌써 스스로 치료를 시작하고 있었다.

문제는 혼의 간섭 현상이었다.

"일단 나는 벌주를 안전한 곳으로 옮겨 치료하겠소."

공지는 의식을 잃은 서문광천을 들쳐 메고는 현장을 떠났다.

"아니, 저, 저런……."

안하무인인 공지의 행동에 가주들이 눈살을 찌푸렸다.

하지만 지금 그들에겐 그보다 신경 써야 할 것이 너무도 많았다.

우선 눈앞에 보이는 참상과 그 가운데에 있는 담천을 어찌하느냐도 문제였다.

담천을 둘러싼 기의 폭풍은 아직 사라지지 않은 상태였다.

"저자가 모습을 드러내기 전에 무언가 수를 강구해야 하는 것 아니오?"

황보가의 가주 황보중이 불안한 표정으로 물었다.

"그 무시무시한 혈마까지 죽인 자인데 우리가 뭘 어찌할 수 있단 말이오?"

사천당가의 가주 당곡이 코웃음을 쳤다.

"그럼 가만히 구경이나 하고 있자는 말이오? 그러려면

차라리 장원에서 조용히 숨어 있을 것이지 뭐하러 여기까지 온 거요?"

황보중의 말에 당곡이 얼굴을 붉히며 소리쳤다.

"그대 역시 꼬리를 말고 눈치나 보고 있었던 주제에 말이면 단 줄 아시오?"

그러자 제갈균이 중재를 하고 나섰다.

"자자! 다들 진정하십시오. 우리끼리 싸워 봐야 무엇하겠습니까? 일단 제 말을 좀 들어 보시지요."

"커험!"

"흥!"

황보중과 당곡이 마지못해 뒤로 물러섰다.

"일단 혈마가 죽은 것은 확실하고, 벌주님도 걱정했던 것에 비해 크게 다치시진 않은 것 같으니 그나마 우리에겐 불행 중 다행입니다."

제갈균의 말에 모두 고개를 끄덕였다.

"남은 것은 저자인데……."

제갈균과 모두의 시선이 담천에게 향했다.

"그동안 정황들을 종합해 보면, 저자나 저자와 한패인 자들이 아무나 함부로 죽이고 혈겁을 일으키지는 않는 것이 분명합니다. 어떨 때는 오히려 무벌을 도와 마귀들을 물리치지 않았습니까?"

제갈균의 이야기에 모두 귀를 기울였다.

"오늘도 어찌 보면 혈마를 죽여 우리를 도운 셈이지요. 어차피 우리가 저자를 상대할 방법이 없는 이상 지금으로서는 저자가 날뛸 것에 최대한 대비하면서 지켜보는 도리밖에 없는 것 같군요."

가주들이 못마땅한 표정을 지었으나 제갈균의 의견에 따로 반박하지는 않았다.

담천을 둘러싼 어마어마한 기의 폭풍은 다가갈 엄두조차 나지 않았다.

현재로서는 담천이 스스로 걸어 나오기 전에는 그들이 할 수 있는 것은 아무것도 없는 것이다.

그저 최악을 상황을 대비하면서 지켜보는 도리밖에 없었다.

그때 해륜과 원무, 천사궁 일행이 현장에 도착했다.

"엇, 벌써 끝난 모양인데요?"

해명이 머리를 긁적이며 말했다.

"허, 대단하구나. 진마를 이렇게 짧은 시간에 해치우다니. 그나저나 피해가 상당하구나. 사람들이 많이 죽었어."

도현이 씁쓸한 얼굴로 폐허가 된 현장을 둘러봤다.

"저 소용돌이 안에 담 공자가 있는 모양이군요."

원무가 소용돌이를 가리키며 말했다.

"아마도 혈마의 기운을 흡수하고 있는 모양입니다."

해륜이 걱정스러운 얼굴로 말했다.

마귀들의 기운을 흡수한다는 것이 아무래도 꺼림칙했기 때문이다.

"혼원기를 가지고 있으니 괜찮을 것이다."

도현이 해륜을 안심시켰다.

◯

한편 담천은 상당히 중요한 순간을 맞고 있었다.

혈마의 기운이 암혼기와 섞이면서 온몸을 무서운 속도로 질주하고 있었다.

경맥은 터졌다가 다시 재생되기를 반복하고 있었고, 뼈와 근육들 역시 한계를 넘나들고 있었다.

그나마 불사의 육신이 아니었다면 벌써 온몸이 터져 나갔을 것이다.

담천은 오직 기운의 움직임에 모든 정신을 집중했다.

그렇다고 기운끼리 충돌이 일어나는 것도 아니었다.

단지 기운의 양이 너무도 많아서 담천의 뜻대로 통제가 되지 않고 있었다.

'크으으……'

뼈가 마디마디 부러져 나가는 듯한 고통이 담천의 전신

을 강타했다.

생각 같아서는 당장이라도 기운들을 통제하는 것을 포기하고 싶었지만, 왠지 그렇게 하면 안 될 것 같은 예감이 머릿속을 강하게 때렸다.

담천은 이를 악문 채 기운들을 다스리려고 애썼다.

두두둑!

그때 몸 안에서 심상치 않은 소리가 들려왔다.

'이런! 육신이 조금씩 붕괴하고 있다!'

자신의 내부를 살핀 담천은 깜짝 놀랐다.

놀랍게도 불사의 육신이 무너지고 있었던 것이다.

기운을 버텨 내지 못했는지 경맥을 지탱하던 외벽이 허물어지고, 근육들은 녹아내리고 있었다.

불사의 육신이 붕괴하다니 도무지 믿을 수 없는 일이었다.

물론 몸이 터져 나가거나 부서져 버린다 해도 담천은 다시 부활하게 될 것이다.

하지만 그렇게 될 경우 서문유향의 안위를 보장할 수 없었다.

이미 담천이 지난번 목숨을 잃었을 때 시력을 잃은 서문유향이었다.

이번에는 어떤 일이 벌어질지 짐작조차 할 수 없었다.

그동안 죽음이 반복될 때마다 서문유향이 겪는 부작용

역시 점점 커진 것을 생각하면, 최소한 시력을 잃는 것보다는 더 심각한 일이 벌어질 것이 분명했다.

'절대 안 돼!'

담천은 온 의지를 암혼기에 집중했다.

어떻게 해서든 통제를 되찾아야 했다.

하지만 담천의 육신은 점점 더 붕괴되어 갔고, 정신마저 흐릿해졌다.

마지막 의식의 끈이 담천의 손에서 빠져나가는 순간이었다.

스윽!

갑자기 정수리 부근에서부터 한 줄기 신묘한 기운이 일어나 멀어지던 담천의 의식을 다시 깨웠다.

'선기?'

선기와 비슷한 것 같았으나 무언가 달랐다.

장두에게서 받은 선기보다도 순수하고, 한편으로는 무저갱처럼 깊고 끝이 보이지 않았다.

어떤 면에서는 암혼기와도 비슷했다.

정체불명의 기운은 곧장 뇌호혈을 거쳐 아래로 내려와 암혼기와 만났다.

그야말로 한 줌도 되지 않는 작은 양의 기운이 암혼기와 섞이는 순간 놀라운 일이 벌어졌다.

마치 시간이 멈춘 듯 모든 기운들의 움직임이 정지해

버렸다.

곧이어 세맥에서부터 작은 폭발이 일어나기 시작했다.

퍼퍼퍼퍼펑!

마치 몸속에서 폭죽이 터지는 듯 손과, 발끝에서부터 순차적으로 작은 폭발들이 온몸으로 퍼져 나갔다.

화아아아악!

머릿속에서 눈부신 섬광이 터지며 참을 수 없는 희열이 온몸을 관통했다.

그간 마귀들의 기운을 흡수했을 때에는 한 번도 경험한 적 없었던 신기한 일이었다.

동시에 붕괴를 멈추었던 육신에 무수히 많은 실금이 가기 시작했다.

그 실금 사이로 암혼기와 섞인 기운들이 파고들어 살과 근육, 경맥들을 녹이고 다시 재구성했다.

우우우우웅!

엄청난 열기가 담천의 온몸을 뒤덮었다.

신기하게도 육체가 녹았다가 재구성되고 있음에도 고통은 전혀 느껴지지 않았다.

슈우우우우욱!

거의 반 각에 걸쳐 담천의 모든 육신이 재구성되었다.

순간 지금의 상황을 만들어 낸 그 신묘한 기운은 다시 담천의 정수리 부근으로 올라가더니 흔적도 없이 사라져 버렸다.

담천이 기운을 찾으려 정신을 집중해 보았으나, 소용이 없었다.

어찌 기운이 스스로 나타났다 사라진단 말인가. 참으로 놀라운 일이 아닐 수 없었다.

육신의 재구성이 끝나자 담천을 둘러싼 기의 소용돌이 역시 왼쪽 가슴으로 흡수되어 사라졌다.

화아아아악!

동시에 담천을 중심으로 동심원을 그리며 기파가 퍼져 나갔다.

번쩍!

담천은 감았던 눈을 떴다.

암혼기를 움직여 보니 이전과는 확연히 달라져 있었다.

기운의 양도 양이지만 예전보다 상당히 안정적이었다.

육체 역시 마찬가지였다.

몸을 살펴본 담천이 시선을 돌렸다.

불안한 눈으로 자신을 경계하는 무벌 사람들이 보였다.

그 뒤로 해륜 일행의 모습도 시야에 잡혔다.

하지만 지금은 서로 아는 척을 할 수 없는 상황이었다.

[저는 먼저 장원으로 돌아가겠습니다.]

쓸데없이 분란을 만들고 싶지는 않았기에 담천은 일행에게 전음을 날린 후 곧장 현장을 벗어났다.

"응?"

천혜린이 놀란 눈으로 명혼경을 바라봤다.

명혼경에서 광채가 흘러나오고 있었다.

"드디어!"

천혜린이 회심의 미소를 지었다.

명혼경이 빛을 내는 경우는 오직 하나뿐이다.

바로 담천이 모든 진마를 잡았을 때였다.

"후후, 이제 담천 그대와의 계약도 끝이군요……."

천혜린의 얼굴에 의미심장한 미소가 걸렸다.

담천이 장원에 돌아오자마자 허리의 노리개가 진동했다.

천혜린에게서 연락이 온 것이다.

"무슨 일인가?"

─호호호. 축하하려 연락드렸는데, 너무 매정하군요. 혈마를 잡다니 대단해요.

"어차피 서문광천 때문에 힘이 많이 빠진 상태더군."

—자신의 실력을 너무 얕보는군요. 그래도 혈마는 혈마예요. 힘이 빠졌다 해도 남궁영재나 만귀비보다 훨씬 강한 상대란 말이죠.

사실이 그랬다.

마지막 일격에 자칫 죽을 뻔했다.

—그건 그렇고, 당신에게 좋은 소식이 하나 있어요.

담천이 살짝 눈살을 찌푸렸다.

자신에게 좋은 소식이라니 웃기는 이야기다.

현재 복수가 성공했다는 것을 확인해 주는 것 외에 무슨 좋은 소식이 있단 말인가.

—당신이 혈마를 죽임으로써 모든 진마가 죽었어요. 즉, 혼주께서 당신에게 부여했던 임무가 모두 끝났다는 이야기지요.

"모든 진마가 죽었다고? 그걸 어떻게 확신하지?"

—사실 진마가 모두 몇 명인지는 저도 잘 몰라요. 하지만 모든 진마가 죽게 되면 알 수 있는 방법이 있지요. 어쨌든 진마들은 모두 죽었어요.

하기야 천혜린이 어떻게 알았는지는 그다지 궁금하지도 않았다. 그녀라면 충분히 그럴 수 있다 여겨졌다.

"원래 계약은 모든 마귀들을 죽이는 것 아니었나? 진마가 죽었다 해도 남아 있는 권속이나 마귀들이 있을 수 있을 텐데?"

—진마가 죽게 되면 그가 만든 마귀와 권속들 역시 함께 사라져요. 물론, 주인 없는 마귀들이 남아 있을 수도 있지만, 그것들은 큰 의미가 없어요. 기껏해야 당신이 처음 만났던 곽진 정도의 마귀들뿐이니까요.

처음 만났을 때는 넘을 수 없는 산과 같이 보였던 곽진이 이제는 너무도 보잘것없이 느껴진다는 사실에 담천은 쓴 웃음을 지었다.

그만큼 자신이 강해졌단 이야기이기도 했다.

—진마들의 혼을 유계에 봉인해야 하니, 장원으로 들려주세요.

"난 아직 복수를 끝냈다는 확인을 하지 못했다."

—그것은 그대가 알아서 하도록 하세요. 마귀들을 봉인한 후에 그대의 행보에 대해서는 관여치 않을 테니. 어차피 그대가 원하지 않는다면 계약을 파기하지는 않을 거예요. 단지 지금까지 잡은 진마들의 혼은 유계로 보내야 해요.

"좋아. 그럼 내가 곧 그쪽으로 가지."

통신을 끊은 담천은 곧 바로 천씨상단을 향했다.

◑

"어서 와요."

천혜린이 교태로운 눈웃음을 지으며 담천을 맞이했다.

"놀랍군요. 전과는 확연히 달라졌어요. 혹시 또 단계를 넘어선 것인가요?"

천혜린이 경이로운 표정으로 담천을 바라봤다.

"글쎄. 잘은 모르겠지만, 육체적으로나 정신적으로나 변화가 있었던 것은 사실이지."

"네 번째 단계를 넘어서다니……. 사실, 거기까지는 전혀 기대하지 않았는데, 이번에는 정말 당신을 인정할 수밖에 없군요……. 어쨌든 일단 용건부터 해결하기로 하죠."

말을 마친 천혜린이 명혼경이 있는 쪽으로 움직이더니, 거울 가장자리에 달린 다섯 개의 보석을 차례로 건드렸다.

우우우우우웅!

그러자 기관이 움직이는 소리가 들리며 침상이 밑으로 내려가기 시작했다.

그그그그!

침상이 사라진 자리에는 지하로 내려가는 계단이 드러났다. 아마도 지하에 비밀 공간이 있는 듯했다.

"저를 따라오세요."

천혜린은 앞장서서 계단 입구로 걸음을 옮겼다.

담천은 잠시 망설였다.

왠지 마음에 들지 않았다.

"호호호, 당신답지 않게 무얼 그리 두려워하는 거죠? 제가 잡아먹기라도 할까 봐 그러나요?"

천혜린이 재미있다는 듯 교소를 터뜨렸다.

눈살을 살짝 찌푸린 담천이 계단으로 향했다.

지하로 내려오니 사방 십 장 정도 크기의 제법 큰 석실이 모습을 드러냈다.

횃불이 밝혀져 있는 석실 한가운데에는 원이 그려져 있고, 그 안에 알 수 없는 문양들이 가득 들어차 있었는데, 그 주변을 붉은 주사로 그린 짐승들이 둘러싸고 있었다.

천혜린이 구석에 놓여 있던 황금으로 만든 잔을 가지고 와 담천에게 주며 말했다.

"저 원 한가운데에 서서 이것을 마시도록 하세요. 당신에게 해로운 것은 없으니 쓸데없는 걱정은 마세요."

잔에는 정체를 알 수 없는 투명한 액체가 들어 있었다.

코웃음을 친 담천은 잔을 들고 원 안으로 걸어 들어갔다.

자세히 보니 문양들은 글씨들이었다.

한데 모두 처음 보는 문자였다.

원 한가운데 선 담천은 잔을 들어 정체를 알 수 없는

액체를 마셨다.

그러자 천혜린이 양팔을 하늘로 치켜 올리며 주문을 외우기 시작했다.

우우우우웅!

천혜린의 주문이 시작됨과 동시에 바닥에서 빛이 솟아 오르더니 담천의 온몸을 둥글게 둘러쌌다.

갑작스런 현상에 담천은 긴장했으나 다행히도 몸에 별다른 이상은 느껴지지 않았다.

그때, 담천의 왼쪽 가슴에서도 빛이 새어 나오기 시작했다.

끼아아악!

키이이이이!

동시에 귀를 찢는 귀곡성이 석실에 울려 퍼졌다.

아마도 그것이 진마들의 혼인 듯했다.

왼쪽 가슴으로부터 새어 나온 빛은 마치 무언가가 끌어당기기라도 하듯 문양이 새겨진 바닥으로 빨려 들어갔다.

스스스스!

주문이 계속될수록 혼들이 빨려 들어가는 속도는 더 빨라졌다.

어떤 것들은 마치 달아나려는 듯 요동치기도 했으나 담천을 둘러싼 빛의 벽에 막혀 결국 다시 바닥으로 흡수되고 말았다.

약 반 각 정도의 시간이 지나고 더 이상 왼쪽 가슴에서 빛이 흘러나오지 않게 되자 천혜린의 주문도 멈췄다.

석실을 울리던 귀곡성 역시 더는 들리지 않았고, 바닥으로부터 솟아오르던 빛 역시 사라졌다.

"다 끝났으니 이젠 나오셔도 되요."

담천은 일단 몸 상태를 살폈다.

혹시 힘이 사라졌는지 확인하기 위해서였다.

다행히도 암혼기는 그대로 남아 있었다.

게다가 혈마의 기운을 흡수하면서 변화된 육신 역시 그대로였다.

잔뜩 긴장했던 것에 비해 의외로 아무 일 없이 끝나 버려서 싱거운 느낌마저 들었다.

"호호호, 아무 일도 없어서 서운한가요?"

천혜린의 말에 담천이 멋쩍은 웃음을 지으며 원을 벗어났다.

천혜린이 자신에게 해를 끼칠 이유가 뭐가 있겠는가.

오히려 그간 자신에게 많은 도움을 줬던 그녀다.

물론 그렇다고 천혜린이 담천을 위해 도움을 준 것은 아닐 것이다.

혼주라는 존재에게 받은 명령을 수행한 것뿐일 테니 말이다.

어쨌든 그래도 현재로서는 담천에 대해 제일 잘 알고

있는 것도 그녀였고, 담천의 복수를 도울 수 있는 것도 그녀밖에 없었다.

"용무 끝났으면 난 그만 가 보겠다."

"이런…… 섭섭하군요. 그래도 모든 진마를 죽인 의미 있는 날인데, 기념으로 한잔해야 하는 거 아닌가요?"

짐짓 서운한 표정을 짓는 천혜린을 무시한 채 담천은 천씨상단을 나섰다.

◐

"담 공자 대단하구려!"

장원으로 돌아가자 해명이 특유의 큰 소리로 담천을 맞이했다.

그 옆에서 해륜이 입가에 엷은 미소를 띠운 채 담천을 바라보고 있었다.

"허, 혈마를 그리 쉽게 제압하다니 놀랍군! 놀라워!"

도현이 연신 탄성을 토해 냈다.

진마를 너무도 쉽게 제압한 담천의 무위에 감탄하지 않는 것이 오히려 이상한 일이었다.

"서문광천과의 싸움에서 대부분의 힘을 소진한 상태라 의외로 쉬웠습니다. 만일 온전한 상태에서 붙었다면 결코 승부를 장담할 수 없었을 것입니다."

"허허, 겸양할 것 없네. 자네는 이 땅에서 가장 큰 악을 도려냈으니 칭송받아 마땅한 일이야. 진마를 둘이나, 아니지, 전에 둘을 더 잡았으니 넷이나 잡은 것이 아닌가? 허허허, 정말 대단하군. 대단해! 이거 이 노인네가 할 일을 자네에게 미룬 셈이니 참으로 부끄러울 따름이야."

도현의 계속되는 칭찬에 담천은 쓴웃음을 지었다.

사실 그는 세상을 구한다기보다는 그저 거래의 일환으로 마귀들을 잡은 것뿐이기 때문이다.

거래만 아니었다면 마귀들에게 사람들이 죽어 나가건 말건 신경 쓰지도 않았을 것이다.

"이거 혈마가 죽었으니 강호에 파란이 일겠군그래!"

해명이 손바닥을 부딪히며 말했다.

"이제 강호에 평화가 오겠지요."

원무가 미소 띤 얼굴로 말했다.

혈마가 죽음으로 인해 혈천이라는 위협이 사라진 것이나 마찬가지였다.

"사부님! 아무리 도사라지만 이런 날에는 축하주라도 한잔해야 하는 것 아닙니까?"

"허허허, 그래. 그렇지 네 말이 맞다. 우리야 다른 도문들처럼 산에 처박혀 도나 닦는 이들도 아니니, 술 한잔에 인색할 이유는 없지."

천사궁은 다른 도문과는 달리 술을 금하지 않았다.

권장하지도 않았으나, 과하지만 않으면 크게 제지하지 않는 편이었다.

도현의 허락이 떨어지자 해명이 펄쩍 뛰며 기뻐했다.

그날 밤 일행은 혈마의 죽음을 축하하며 밤새도록 술잔을 비웠다.

☯

혈마가 죽었다는 소식이 온 무림을 강타했다.

게다가 서문광천이 혈마와의 싸움에서 큰 부상을 당했다는 소식도 함께 돌았다.

더욱 충격적인 사실은 혈마를 죽인 자가 서문광천이 아닌 정체 모를 복면인이라는 것이었다.

그것도 그동안 무벌에서 공적으로 지목했던 자와 같은 자이거나 최소한 한패일 것이라는 이야기에 사람들은 경악했다.

어떤 이들은 혹시라도 복면인의 세력이 강호 전복을 꿈꾸는 암중 단체라고 했고, 다른 이들은 전설 속의 천사궁이나 수불도의 제자일 것이라 했다.

하지만 그 누구도 복면인의 정체를 확실히 말할 수 있는 이는 없었다.

어쨌든 혈마가 죽었다는 사실은 현 강호의 체재에 큰 변화가 일 것을 예고하는 일이었다.

우선 이번 사건으로 인해 혈천은 큰 타격을 입게 되었다.

혈마가 혈천에서 차지하는 비중은 구 할이 넘는다 해도 결코 과장이 아니었다.

혈마가 없는 혈천은 정천맹이나 무벌의 먹잇감에 불과했기 때문이다.

그것은 곧 혈천이 앞으로는 감히 중원 땅을 넘보지 못할 것이란 것과 같은 말이었다.

무림에 평화가 도래한 것이다.

이번 사건이 무림에 가져온 또 다른 변화는 무벌의 위상이었다.

그간 무벌은 정천맹을 누르고 정도 무림의 종주 노릇을 해 왔다.

하지만 이번 사건으로 인해 너무도 많은 피해를 입었고, 무벌을 상징하는 무황성마저 혈마에게 파괴되는 굴욕을 겪었다.

게다가 서문광천 역시 두 번이나 혈마에게 당하고 엉뚱한 인물이 혈마를 잡음으로 인해 그 위상에 큰 타격을 입었다.

이로 인해 이제 강호에서는 무벌을 예전처럼 두려워하

거나 경원시하지 않았다.

절대자 서문광천도 사람이라는 사실이 드러났고, 무벌 역시 더 이상 누구도 건드릴 수 없는 철옹성이 아님이 밝혀졌기 때문이다.

정천맹에서는 지원을 빌미로 자신들의 무사를 파견해 무벌의 상황을 염탐하고 견제했으며, 심지어는 무벌 내에서도 이탈하려는 움직임들이 일었다.

하지만 그럼에도 불구하고 서문광천은 모습을 드러내지 않았고, 사람들 사이에서 서문광천이 회복 불가능한 부상을 입었다는 소문이 조심스럽게 돌기 시작했다.

5장
마신 재림

무황성 벌주 연무실.

연무실 한가운데에 서문광천이 가부좌를 튼 자세로 앉아 있었다.

서문광천은 눈을 감은 채 석상처럼 움직임이 없었다.

그가 앉아 있는 바닥에는 공지가 그린 것으로 보이는 문양들이 가득했다.

공지는 그 앞쪽서 날카로운 눈빛을 한 채 서문광천을 살피고 있었는데, 그가 앉아 있는 바닥에는 팔괘와 태극이 그려진 팔각형의 목판이 놓여 있었다.

그런데, 이상한 것은 팔괘와 태극의 위치가 마치 거울에 비춰진 것처럼 반대로 되어 있었다는 것이다.

우우우웅!

그때 공지 앞에 놓인 목판에서 갑자기 은은한 빛이 흘러나왔다.

"드디어 성공한 것인가!"

공지가 상기된 얼굴로 자리에서 벌떡 일어섰다.

팔괘 목판에서 빛이 일어남과 동시에 서문광천의 육신이 가늘게 진동했다.

드드드드드드!

진동은 점점 심해지더니 일각이 지나자 석실 전체가 지진이 난 듯 들썩였다.

순간 서문광천의 육신에서 정체를 알 수 없는 붉은 기운이 흘러나오기 시작했다.

붉은 기운은 점점 짙어지며 강렬한 빛을 뿜어냈다.

구구구구구궁!

붉은 기운이 석실을 가득 채우고 진동이 정점에 달한 순간 서문광천의 몸에서 섬광이 터져 나왔다.

번쩍!

눈이 멀 듯한 강렬한 섬광에 눈을 감았던 공지가 천천히 서문광천을 향해 고개를 들었다.

"드디어!"

공지가 환희에 찬 목소리로 소리쳤다.

석실 가운데에는 어느새 눈을 뜬 서문광천이 공지를 바

라보고 있었다.

"마신이시여!"

공지가 그대로 바닥에 오체투지하며 외쳤다.

마신이라니! 이게 대체 무슨 말인가!

서문광천의 몸에서는 사위를 압도하는 절대자의 기세가
흘러나오고 있었다.

신화경에 이르렀던 때와는 또 달랐다.

그때 역시 인간이라고 할 수 없는 거대한 존재감을 가
지고 있었던 그였으나, 지금은 그 끝이 보이지 않았다.

공지조차도 눈을 마주칠 수 없을 정도로 끝을 알 수 없
는 공포와 두려움이 서문광천에게서 뿜어져 나왔다.

[네가 수불도의 반도냐?]

서문광천의 입에서 사람의 것이 아닌 듯한 기괴한 음성
이 들려왔다.

"그렇사옵니다! 신 공지 마신께서 부활하심을 진심으로
감축드리옵니다!"

공지는 감히 고개를 들지 못한 채 서문광천을 향해 말
했다.

[그동안 수고가 많았다. 이제 내가 부활한 이상 너희는
새로운 세상을 보게 될 것이다.]

마신 서문광천의 목소리가 석실을 진동시켰다.

[나는 세상을 멸할 것이다. 천계와 명계의 균형을 비틀

어 새로운 우주를 만들 것이다! 너는 새로운 우주의 모든 생명체를 다스리는 아버지가 될 것이다!]

"마신께서 뜻하시는 대로 이루어질 것입니다!"

[나의 아이는 따로 할 일이 있어 조금 늦을 것이다. 우선 네가 나의 안내자가 되거라.]

"존명!"

허리를 접어 읍을 한 공지가 앞장서서 석실을 나서자 서문광천이 마치 유령처럼 그 뒤를 따랐다.

"엇! 저분은 벌주님이 아니신가?"

부서진 무황성 건물들의 복구 작업을 하던 무사 하나가 소리쳤다.

복구 작업에 열중하던 무사들이 모두 움직임을 멈췄다.

"정말 벌주님이시다!"

"벌주님이 폐관을 끝내고 나오셨다!"

무사들의 시선이 향한 곳에는 서문광천이 공지와 함께 모습을 드러내고 있었다.

무황성의 무사들은 서문광천이 전과 다름없는 모습으로 눈앞에 나타나자 환호성을 질렀다.

서문광천이야말로 무벌의 상징이요, 심장이었기 때문이다.

서문광천이 예전과 같은 신위를 회복했다면, 누구도 무벌을 무시할 수 없었다.

　우우우우우웅!

　그때였다.

　서문광천을 중심으로 거대한 기의 파동이 퍼져 나갔다.

　화아아아악!

　기의 파동이 무사들의 몸을 스치고 지나갔다.

　갑작스런 상황에 무사들이 어리둥절한 얼굴로 서로를 바라봤다.

　순간 무사들의 몸이 조금씩 부서져 허공으로 흩어지기 시작했다.

　"어어! 흐윽……!"

　미처 비명을 지르기도 전에 무사들의 몸은 산산이 부서져 먼지처럼 흩어져 버렸다.

　스스스스스!

　곧이어 돌과 나무, 건물의 잔해들 역시 서서히 부서져 내리기 시작했다.

　마치 세상이 지워지는 것처럼 공포스러운 광경이었다.

　서문광천을 중심으로 반경 이십 장 정도의 공간이 사막과 같은 황량한 폐허로 변했다.

　오로지 누렇게 거죽을 드러낸 땅만이 남아 있을 뿐이었다.

아무런 감정도 드러나지 않는 얼굴로 서문광천이 천천히 걸음을 옮겼다.

◐

"이것은!"

숙소에서 명상을 하던 도현이 갑자기 자리에서 벌떡 일어나더니, 문밖으로 뛰쳐나갔다.

"사부님, 무슨 일이십니까?"

밖에 나와 있던 해명이 어리둥절한 얼굴로 물었다.

스승의 표정이 심상치 않았기 때문이다.

"방금 북쪽에서 엄청난 마기(魔氣)가 느껴졌다! 이제껏 겪어 보지 못한 지독한 마기야! 당장 사제들과 담 공자를 불러라!"

대대로 천사궁의 궁주들은 그들이 익히는 비전 심법의 영향으로 마기를 감지하는 능력이 뛰어났다. 그 때문에 신녀봉에서도 남궁영재와 만귀비의 기운을 찾을 수 있었던 것이다.

그런 도현의 말이니 틀림없는 것일 터였다.

북쪽이라면 무황성과 서문세가가 있는 방향이다.

'혈마에 이어 또 다른 진마가 무황성을 습격했단 말인가?'

이토록 다급해 보이는 스승의 모습은 해명에게도 처음이었다.

그만큼 심각한 상황이라는 말이기도 했다.

해명은 일단 의문을 접고 스승의 명에 따라 사람들을 불러 모았다.

담천을 비롯한 일행들이 모두 한 자리에 모이자 도현은 즉시 입을 열었다.

"아무래도 무황성 쪽에 심상치 않은 일이 벌어진 것 같네! 최소한 두 명 이상의 진마가 나타난 것 같아!"

도현의 말에 사람들의 안색이 딱딱하게 굳었다.

"마기의 양도 양이지만, 이토록 순수한 마기는 내 생전처음 느껴 보는 것이네! 그동안 만났던 존재와는 차원이다른 진마가 나타난 것이 분명하네!"

담천의 표정이 심각해졌다.

북쪽이라면 무황성과 서문세가가 있는 방향이다.

서문유향이 걱정되었던 것이다.

'한데 분명 천혜린은 진마들이 다 죽었다 했는데. 그녀가 틀렸단 말인가…….'

천혜린의 확신에 찬 표정으로 보아 거짓말을 한 것 같지는 않았다.

그렇다면 둘 중 하나였다.

'천혜린이 잘못 알고 있었거나, 도현 도사가 틀렸거나.'

어쨌든 무슨 일이 벌어진 것만은 분명했고, 서문유향이 위험에 빠질 가능성이 농후했다.

"일단 함께 가 보도록 하지요."

"그러지! 따라오게!"

이번에는 도현이 앞장섰다.

그가 마기가 뿜어져 나오는 방향을 알고 있었기 때문이다.

◐

무황성 가까워 오자 담천도 마기를 느낄 수 있었다.

"이 정도 마기면 대체 어느 정도 강력한 진마이길래……."

역시 마기를 느낀 해명이 경악스러운 얼굴로 말했다.

"저것 좀 보십시오!"

원무가 손가락으로 가리킨 곳에는 놀라운 광경이 벌어지고 있었다.

한 사람이 걸음을 내딛을 때마다 주변의 모든 것이 부서져 내리고 있었던 것이다.

구우우우우웅!

그가 한 발씩 전진할수록 폐허로 변하는 곳이 점점 늘어났다.

건물이며, 사람이며 심지어는 하늘을 나는 새까지 그를 중심으로 반경 이십 장 안에 있는 모든 것이 먼지로 변해 사라지고 있었다.

"저자는 서문광천이 아닙니까?"

해명이 믿어지지 않는다는 듯 폐허의 중심에서 걸음을 옮기고 있는 인물을 가리켰다.

"대체 서문광천이 왜?"

해륜과 원무 역시 충격에 말을 잇지 못했다.

"저, 저것은 마신의 권능! 아수라파천보(阿修羅破天步)!"

도현이 경악한 얼굴로 소리쳤다.

걸음을 옮기는 것만으로 모든 생명과 물질들을 흙으로 돌려 버리는 능력은 오로지 아수라파천보밖에 없었다.

그렇다는 것은 곧 폐허의 중심에 있는 자가 마신이라는 이야기였다.

"마, 마신이라니요?"

해명이 기겁을 해 물었다.

마신이라면 천이백 년 전에 수불도와 천사궁에 의해 죽음을 맞지 않았던가.

그를 위해 얼마나 많은 목숨이 희생되었던가.

두 세력의 제자들만 천 명이 넘게 죽었으며, 요마들도 이천이 넘게 죽었다.

일반 백성들의 죽음은 셀 수조차 없었다.

한데 마신이 다시 나타나다니. 그것은 도저히 있을 수도, 있어서도 안 되는 일이었다.

원무의 시선은 서문광천 옆에 서 있는 공지에게 고정되어 있었다.

"사, 사숙…… 대체……."

도현의 말대로 서문광천이 마신이라면 자신의 사숙이 왜 저곳에 있다는 말인가.

공지는 원무의 스승이자 수불도의 주지인 공현의 사제였다.

그는 수불도 사상 최고의 기재라는 칭송을 받았던 인물로, 당시 네 명의 제자들 중 가장 촉망받고, 성품도 올곧아 원무의 사조이자 전대 주지인 무운대사가 다음 대 주지로 점찍었던 이였다.

그가 변한 것은 스물두 살 때였다.

능력이 워낙 출중했던 공지는 어린 나이부터 마귀를 잡으러 속세에 출행하는 경우가 많았다.

어느 날 공지는 최하급 마귀가 출몰하던 장촌이란 마을에 가게 되었다.

인구가 사백 명 정도 되는 작은 마을이었다.

워낙 산속 깊은 곳에 위치해 있고, 외부와 동떨어져 있던 탓에 마귀가 노리기에는 최적의 조건을 가지고 있었다.

한데 마을에 도착한 공지는 깜짝 놀랐다.

마을 사람들은 마귀가 두려워 아이들을 제물로 바치고 있었던 것이다.

공지는 크게 노해 마귀를 죽이고 제물로 바쳐진 아이들을 구해 마을로 돌려보낸 후 그곳을 떠났다.

하지만 길을 재촉하던 공지는 얼마 못 가 다시 장촌으로 걸음을 돌려야 했다.

장촌은 산골짜기에 위치해 있었는데, 다른 마을이나 도시로 가려면 어느 쪽이든 산을 넘어야 했다.

한데 산을 넘던 도중 갑자기 폭설이 내리기 시작했던 것이다.

다음 마을까지 거리도 상당했고, 이미 해가 지고 있는 상황이었던지라 무리해서 산을 넘기보다는 장촌에서 하룻밤 묵고 아침 일찍 출발하는 편이 낫다고 생각한 것이다.

그러나 장촌으로 돌아간 공지를 기다리고 있었던 것은 그의 인생을 송두리째 바꿔 놓을 만큼 충격적인 광경이었다.

마을 중앙 공터에는 불이 활활 타오르고 있었고, 그 속에 두 명의 아이가 나무 기둥에 묶인 채 비명을 지르고 있었던 것이다.

그 아이들은 바로 공지가 구해 낸 제물이 될 아이들이

었다.

공지가 급히 달려가 마을 사람들을 말리고 아이들을 구해 내려 했으나, 이미 아이들은 목숨을 건질 수 없을 정도로 심한 화상을 입은 상태였다.

공지는 절규했다.

어이없게도 마을 사람들이 아이들을 죽인 이유는 그 아이들이 마귀의 저주를 받았다는 이유였다.

마귀와 함께 있었기에 더럽고 나쁜 기운이 아이들에게 묻어 있다는 것이다.

아이들이 마을에 죽음의 기운을 몰고 온다는 것이다.

하지만 공지는 알 수 있었다.

마을 사람들은 자신들의 치부를 합리화시키기 위해 아이들이 저주를 받았다는 황당한 죄목을 씌워 산채로 불에 태워 죽인 것이다.

그때 마을 사람들의 눈빛을 본 공지는 인간에 대한 연민을 지웠다.

광기!

마귀들의 그것보다 더 잔인하고 지독한 광기가 그들의 눈 속에 있었다.

그 순간 공지는 깨달았다.

인간은 본래가 사악한 존재이며, 그 안에는 끝을 알 수 없는 절대악(惡)이 똬리를 틀고 있다는 사실을.

공지는 그 자리에서 모든 마을 사람들을 도륙했다.

어른이며 아이, 남자, 여자 가릴 것 없이 사백여 명의 마을 사람들이 공지의 손에 목숨을 잃었다.

그 후 수불도로 돌아온 공지는 사문의 비급을 훔쳐 달아났다. 마침 무운대사가 자리를 비운 때였다.

그때 막아섰던 공현은 공지에게 당해 심각한 부상을 입고, 다른 두 사형제는 목숨을 잃었다.

수불도의 제자들이 천사궁에 비해 적은 이유도 그 때문이었다.

'결국, 세상을 용서할 수 없으셨던 겁니까…….'

원무가 착찹한 눈으로 공지를 바라봤다.

[천계의 개들인가?]

그때 서문광천의 시선이 일행을 향했다.

오싹!

단지 쳐다만 본 것뿐인데도 일행은 잠시 동안 손가락 하나 까딱할 수 없었다.

'이것이 마신의 힘인가!'

담천의 표정이 딱딱하게 굳었다.

이미 새로운 단계에 들어선 자신마저 순간 소름이 돋을 정도로 지독한 마기였다.

그러나 물러설 수는 없었다.

마신이 움직이는 방향에는 서문세가가 자리하고 있었기 때문이다.

"그대는 진정 마신인가?"

도현이 떨리는 복소리로 물었다.

[너희 쓸모없는 인간들이 나를 그리 칭하더군.]

도현과 일행의 얼굴에 절망이 어렸다.

마신이 원하는 것은 오로지 세상의 멸망.

막지 못한다면 머지않아 중원 땅은 풀 한 포기 남지 않고 죽음의 대지로 변해 버릴 것이다.

[익숙한 자가 보이는군.]

그때 서문광천의 시선이 담천을 향했다.

담천은 의문이 담긴 눈으로 서문광천을 바라봤다.

'대체 나를 어떻게 알고 있지? 혹시 서문광천의 기억이 남아 있는 것인가?'

현재 담천은 복면을 쓰고 있지 않았기에 상대가 서문광천의 기억을 가지고 있다면 충분히 알아본 것이 납득이 갔다.

[그대 덕분에 내가 지상으로 다시 올 수 있었으니, 고맙다고 해야겠군.]

서문광천의 갑작스런 말에 도현과 일행이 어리둥절한 얼굴로 담천을 바라봤다.

담천은 눈살을 찌푸렸다.

서문광천이 무슨 이야기를 하는 건지 도무지 알 수 없었기 때문이다.

[아직도 내가 누군지 모르겠나? 초유벽!]

순간 담천은 석상이라도 된 듯 딱딱하게 굳어 버렸다.

처음부터 왠지 익숙하다 느꼈던 목소리다.

마치 텅 빈 고목을 스치는 바람 소리 같은 스산하고 깊이를 알 수 없는 음성.

"혼주!"

그렇다. 그는 바로 담천과 봉혼단시의 술법을 통해 계약을 맺은 존재 혼주였다.

담천의 머릿속이 하얗게 변했다.

대체 이것이 어찌 된 일이란 말인가!

아무리 생각해도 서문광천과 혼주의 연결점이 보이지 않았다.

게다가 마신이라니!

[이제야 눈치챈 것인가? 그렇다. 내가 바로 저승과 이승의 틈새를 관장하고, 유계의 지배자인 혼주(魂主), 너희가 이야기하는 마신(魔神)이다!]

담천과 마신이 서로 아는 듯해 보이자 나머지 일행은 혼란에 빠질 수밖에 없었다.

"대체 어떻게 된 일입니까? 담 공자가 어찌 마신을 아는 것입니까? 게다가 담 공자 때문에 마신이 세상에 나왔다니요?"

해륜이 불안한 눈으로 물었다.

나머지 일행도 당혹스러운 얼굴로 담천과 서문광천을 번갈아 쳐다봤다.

"그럴 리가 없습니다! 스승께서는 담 공자가 마귀들로부터 세상을 구할 것이라고 했습니다! 스승께서 비록 몸은 안 좋으시지만, 천기를 읽는 능력만은 그 누구보다 뛰어나시니 틀리실 리 없습니다!"

원무가 강하게 부인했다.

하지만 현재 담천은 일행의 질문에 대답해 줄 정신이 아니었다.

"대체, 지금 무슨 일이 벌어지고 있는 거지? 왜 당신이 서문광천의 모습을 하고 있는 거야!"

담천이 서문광천을 노려보며 소리쳤다.

"주인이시여. 당신의 미천한 종이 이제야 주인을 뵈옵니다!"

그때 들려온 목소리에 담천의 눈이 찢어질듯 커졌다.

"저, 저 여인은 천 소저가 아니오?"

해명이 천혜린을 알아보고 경악한 얼굴로 소리쳤다.

담천의 정혼녀가 마신과 주종 관계라니, 이제는 더 이상 놀랄 것도 없을 정도였다.

[어서 오라. 나의 아이여!]

"천혜린 그대가⋯⋯."

담천이 이를 갈며 천혜린을 노려봤다.

천혜린은 혼주의 권속이다.

그렇다면 이 모든 일에 대해 그녀는 알고 있음이 분명
했다.

"호오⋯⋯ 무척 놀라신 모양이군요?"

천혜린이 여유로운 모습으로 담천을 지긋이 바라봤다.

"주인이시여. 제가 담 공자에게 그동안의 일들을 설명
해도 되겠사옵니까?"

[저자가 내가 부활하는 데 제법 큰 공을 세웠으니, 그
정도 은혜는 베풀어야겠지.]

정신이 반쯤 나간 담천을 보며 천혜린이 엷은 미소를
지었다.

"궁금한 것이 많을 테지요. 우선 제 소개를 하자면 천
이백 년 전으로 돌아가야겠군요. 저는 마신께서 지상에
강림하셨을 당시 직접 만드신 유일한 권속입니다."

천혜린이 마신의 권속이란 이야기였다.

"천이백 년 전 마신께서는 간악한 천사궁과 수불도, 요
마들의 연합 공격을 받아 산산이 흩어지셨지요. 그 본체
는 이승과 저승의 틈에 봉인되어졌고, 나머지 파편들은
지상으로 흩어졌습니다."

마신이 죽었다는 옛 이야기와는 전혀 다른 내용이었다.

사실 마신은 근원적으로 불멸의 존재였다.

그는 신이었고, 소멸시키는 것 자체가 불가능했다.

그를 제압할 유일한 방법은 힘을 쪼개고 봉인하는 것뿐인 것이다.

"흩어진 파편들은 영성을 가지고 있었기에 시간이 흐르면서 스스로 자아가 생겨났습니다. 그것들이 바로 진마들이지요."

놀라운 이야기였다.

진마들이 바로 마신의 파편이라는 말이었다.

"마신께서 저승과 이승의 틈새에서 빠져나오시려면 본래의 힘을 회복해야 했습니다. 그러려면 흩어진 파편들을 다시 모아야 했지요."

담천은 자신이 진마들의 혼을 모은 이유를 이제야 알 수 있었다.

"그래서 내게 마귀들을 봉인하도록 했군!"

"맞아요. 당신을 통해 진마들의 혼을 확보해서 다시 마신께 돌아가도록 한 거예요. 당신이 흡수한 힘은 사실 세상에서 천 년을 지내 오면서 그들이 만들어 낸 정기에 불과해요. 진정한 신의 힘은 그들의 혼 속에 들어 있지요."

혼을 빼내고도 담천의 힘이 남아 있었던 이유였다.

"왜 하필 나지? 그대가 직접 모을 수도 있었지 않나? 아니면 애초에 서문광천을 선택했어도 되지 않나?"

담천—초유벽—은 그야말로 별 볼 일 없는 자였다.

성격도 유약했고, 무공도 이류 수준을 벗어나지 못했다.

더 훌륭한 인재들도 많았고, 만일 암혼기를 다른 이들이 사용했다면 더 강력한 힘을 발휘할 수 있었을 것이다.

한데 왜 자신을 택했단 말인가.

"호호호호. 당신은 예전부터 자신을 너무 과소평가하는군요. 하기야 초유벽은 사실 별 볼 일 없는 자이긴 했지요. 하지만 당신의 영혼은 절대 그렇지 않아요."

뭐가 그리 재미있는지 큰 소리로 웃음을 터뜨린 천혜린이 의미심장한 눈으로 담천을 바라봤다.

"초유벽의 전생은 태현자라는 은거 고인이에요. 그는 한 번도 세상에 출도한 적이 없지요. 평생을 오로지 명상과 참선으로 인간의 경지를 벗어난 존재였지요. 그전에 먼저 암혼기에 대해 이야기하는 것이 이해를 돕기 쉽겠군요."

잠시 말을 멈췄던 천혜린이 다시 입을 열었다.

"당신이 사용한 암혼기는 본래 혼원기라는 우주의 근본이 되는 힘이에요."

그것은 담천도 이미 도현에게 들어서 알고 있는 이야기였다.

"하지만 완전한 혼원기와는 달라요. 인간의 육신으로 사용할 수 있도록 하기 위해 변형을 시켰기 때문이죠."

암혼기가 불안정했던 이유가 그 때문이었다.

"어찌 보면 반쪽짜리 혼원기라 할 수 있어요. 어쨌든 혼원기는 아무나 사용할 수 있는 힘이 아니에요. 신이 사용하는 힘이니까요. 그만큼 존귀한 영혼을 가진 존재만이 혼원기를 제어할 수 있기 때문이에요. 그래서 당신이 선택된 거예요."

담천은 무슨 말인지 도무지 이해할 수 없었다.

신이 사용하는 힘인데, 대체 왜 자신을 선택했다는 말인가.

"사실, 저는 마신께서 봉인을 풀 수 있는 방법을 오랜 시간 연구했어요. 일단은 파편들을 모아야 했고, 그 파편들을 마신께 올려 보내야 했죠. 파편을 모으기 위해서는 진마들을 잡아야 하죠. 하지만 상대해 보셨으니 알겠지만 진마라는 존재가 그리 호락호락하지 않지요. 놈들을 잡기 위해서는 혼원기를 사용할 수 있어야 해요. 게다가 놈들의 혼을 모을 수 있는 방법 역시 오로지 혼원기뿐이에요. 그들은 신의 파편이기 때문이죠."

서문광천이 혈마보다 강해졌다 해도 혈마를 죽일 순 있으나 그 혼을 흡수할 수는 없다는 이야기였다.

"하지만 방금 말했듯이 혼원기는 신에 버금가는 존귀한

영혼만이 제어할 수 있어요. 그때, 제 머릿속에 한 가지 생각이 떠올랐죠. 신의 영혼을 납치하자는, 어찌 보면 황당할 수도 있는 생각이에요."

말도 되지 않는 이야기였다.

어떻게 천계에 있는 신의 영혼을 납치한단 말인가.

"물론, 천계에 있는 신들을 감히 어떻게 해 볼 수는 없어요. 하지만 신이 되려는 인간은 다르지요!"

천혜린의 입가에 미소가 걸렸다.

"설마!"

도현이 무언가 깨달은 듯 경악한 얼굴로 소리쳤다.

"맞아요. 선계에 오르려는 자의 혼을 이용하기로 결정한 것이에요."

도문의 도사들이나 불문의 중들이나 모두가 목표로 하는 것은 깨달음을 얻어 신선이 되고 부처가 되는 것.

바로 신이 되는 것이다.

하지만 수많은 도사와 중들 중 거기까지 도달하는 이들은 거의 없었다.

아니, 역사상 손에 꼽을 정도였다.

그만큼 대단한 일이고, 어려운 일인 것이다.

"그래서 저는 온 세상을 돌며 궁극의 깨달음에 가장 근접한 자들을 찾기 시작했어요. 그리고 무려 천 년이 훌쩍 넘어서야 그런 자를 발견했지요."

천혜린의 시선이 담천을 향했다.

전생이며 깨달음이며 전혀 이해할 수 없는 말들에 담천은 정신을 차릴 수 없었다.

"자, 그럼 다시 당신의 전생 이야기로 돌아가 볼까요? 당신의 전생인 태현자는 바로 그 궁극의 깨달음에 도달한 이예요. 제가 지켜보던 몇 명 중 유일하게 마지막 순간에 도달했지요. 태현자가 등선을 하는 순간 저는 하나의 술법을 펼쳤어요. 바로 은혼단시(隱魂斷時)에요."

담천이 마신인 혼주와 맺은 계약에 의한 술법 봉혼단시와 이름이 흡사했다.

"은혼단시는 혼을 숨겨서 윤회의 고리를 끊는 술법이에요. 이 술법을 펼치기 위해서는 동남동녀 천 명의 정혈이 필요해요."

천 명의 동남동녀를 죽여 술법을 완성시켰다는 이야기다.

하지만 천혜린은 아무런 거리낌도 없이 이야기하고 있었다.

"이런...... 천인공로 할!"

해명이 이를 갈았으나 천혜린은 눈썹 하나 까딱하지 않았다.

"은혼단시로 인해 숨겨진 혼은 윤회의 고리가 끊기게 되요. 본래 그대의 혼은 구천구백구십구 겁을 거쳐 선계,

즉, 천계로 올라 신이 될 영혼이었지요. 하지만 제가 영혼을 숨겨 윤회의 고리를 끊어 버림으로써 다시 처음부터 윤회를 겪도록 만든 거예요. 저는 그 영혼을 찾을 수 있도록 특별한 표식을 해 두었지요. 그리고 당신이 인간으로 환생할 때를 기다렸어요. 그렇게 찾아낸 것이 바로 초유벽 당신이에요."

그야말로 믿어지지 않는 놀랍고 잔혹한 이야기였다.

무려 백여 년을 걸쳐 담천의 영혼을 손아귀에 가지고 논 것이다.

"그렇다면!"

무언가 생각난 듯 담천이 눈을 부릅떴다.

"초씨세가를 멸문시킨 것도 그대인가!"

"맞아요."

천혜린이 한 치의 망설임도 없이 담담한 목소리로 대답했다.

담천은 망치로 뒤통수를 맞은 듯한 충격을 받았다.

지금까지 자신은 원수의 손아귀에서 놀아난 꼴이 아닌가!

"대체 왜! 무엇 때문에 그 많은 죄 없는 생명을! 너희가 무슨 자격으로!"

담천이 주저앉으며 절규했다.

갑자기 너무 많은 사실들이 한꺼번에 머릿속으로 들어

와 이것이 현실인지 꿈인지조차 구분되지 않았다.

그저 멍하니 모든 것을 놓고 싶을 뿐이었다.

일행은 혼란스러운 표정으로 담천과 천혜린을 바라봤다.

초씨세가라면 흡혈마공을 사용했다는 이유로 멸문당한 무벌의 가문이다.

한데 아까부터 천혜린이나 서문광천이 담천을 초유벽이라 부르고 있었고, 지금은 또 초씨세가의 멸문을 말하고 있는 것이다.

일행들은 무벌 사람들이 아니기에 그저 널리 알려진 흡혈마공에 관한 이야기만 들었을 뿐, 초씨세가에 대해 그리 잘 알지 못했고, 초유벽이 대체 누구인지조차 몰랐다.

다만 정황상 담천이 전생에 초유벽이란 자였고, 그자가 초씨세가의 사람일 것이라고 짐작할 뿐이었다.

그때 천혜린의 입이 다시 열렸다.

"모든 것에는 이유가 있는 법이지요. 저도 쓸데없이 귀찮은 일을 하지는 않아요. 특히 한 가문을 멸문시키려면 그만큼 복잡하고 머리를 써야 하거든요."

얼음장 같은 그녀의 목소리가 담천의 마음을 후벼 팠다.

"인간으로 환생한 당신이 마귀를 잡도록 하려면 그럴 만한 동기를 부여해 줘야 하지요. 그냥 제가 당신을 찾아가서 마귀를 잡아 달라 하면 들어줬을까요?"

담천은 더 이상 말을 할 힘조차 없었다.

"그리고, 암혼기를 받기 위해서는 마신님을 직접 만나야 해요. 여기에 당신을 택한 두 번째 이유가 있어요. 마신께서 봉인된 이승과 저승의 틈새를 드나들 수 있는 혼역시 신에 도달한 영혼뿐이거든요. 또한 그러기 위해서 당신은 반드시 죽어야 했죠."

동기 부여를 위해 초씨세가를 멸문시키고, 암혼기를 주기 위해 초유벽을 죽였다.

마치 모든 게 하나의 이야기책을 보는 듯 현실감이 느껴지지 않았다.

"그 뒤는 아시는 대로예요. 다른 점이 있다면 한날한시에 태어나서 담천의 몸에 들어간 것이 아니라, 담천이 임무를 완수하기에 가장 적합한 배경을 가지고 있기에 제가그렇게 만든 것뿐이에요."

천혜린의 이야기는 이러했다.

마귀들을 잡기 위해서는 강호에서 어느 정도 활발히 활동할 수 있어야 했고, 지위도 필요했다.

하지만 그렇다고 너무 주목을 받아서도 안 되었다.

그 조건에 걸맞는 이가 바로 담천이었던 것이다.

담씨세가는 무벌십주에 속해 있었기에 담천이 행동하는데 있어 누구에게도 제약을 받지 않을 수 있었다.

그러면서도 무벌십주 중 가장 약한 가문이었기에 다른 가문들의 주목을 받지 않으니, 그야말로 담천의 임무에 가장 적합하다 할 수 있었다.

천혜린은 담천에게 접근해 초유벽이 죽는 날에 맞추어 목숨을 끊도록 만들었다.

사실 그것도 한날한시에 죽어야 술법이 이루어지기 때문이 아닌, 초유벽의 혼을 이승에 붙들어 놓을 수 있는 시간이 일각에 불과했기 때문이다.

그 일각 동안 초유벽의 혼을 담천의 육신에 집어넣어야 했던 것이다.

결국 본래의 담천은 천혜린에게 속아 불쌍하게 희생된 셈이었다.

어찌 보면 이제 담씨세가는 무벌의 어떤 가문도 무시하지 못할 정도로 성장했으니, 천혜린이 약속을 지켰다고 볼 수도 있었다.

하지만 그 영광 뒤에는 모두 천혜린의 손길이 들어가 있었다.

담천과 천씨상단의 무사들이 사라진다면 세가는 다시 옛날로 돌아가게 될 것이 빤했다.

게다가 서문광천이 마신이 된 지금은 무벌 자체가 무너진 것이나 마찬가지였다.

"결국, 남궁영재는 아무런 상관이 없었군……."

계속된 의문의 해답을 얻은 순간이었으나 담천은 전혀 기뻐할 수 없었다.

"물론이에요. 남궁태는 섭혼술에 걸려 자신이 한 일을 알지도 못했지요. 자신이 양화와 만났다는 사실이나 아이들을 납치했다는 것도 전혀 인지하지 못했어요. 섭혼술과 아이들에게 펼친 대법은 공지대사께서 수고하셨지요."

이로써 모든 게 밝혀졌다.

결국 이 모든 게 마신 혼주의 부활을 위해 천혜린이 꾸민 일이었다.

담천은 그녀에게 영혼까지 이용당하고, 결국 모든 것을 잃고 만 것이다.

모든 것을 들은 해륜의 눈에서 눈물이 흘러내렸다.

그녀는 담천이 겪었을 고통과 상실, 충격들이 상상조차 가지 않았다.

한 생을 고통 속에 살아도 참기가 힘든 법인데, 몇 번의 생애를 이용당하고 수많은 고통들을 반복해서 겪은 것이다.

다른 일행 역시 담천을 안타까운 눈으로 바라봤다.

한편으론 너무도 거리낌 없이 이런 악독한 일을 행한 천혜린과 혼주에게 분노를 느꼈다.

"서문광천은 어떻게 된 것이냐!"

해명이 날이 선 목소리로 물었다.

대체 어떻게 마신이 서문광천의 모습을 하고 있다는 말인가.

"본래, 신이 인세에 내려오기 위해서는 그릇이 될 육신이 필요해요. 서문광천은 아주 오래전부터 마신께서 지상에 강림하실 그릇으로 준비되어 왔습니다. 공지대사께서 서문광천이 스무 살 중반 때쯤부터 공을 들이셨지요."

서문광천의 몸을 마신이 차지했다는 이야기였다.

젊었을 때부터 서문광천은 기재였다.

천무지체(天武之體)를 타고났고, 오성 또한 뛰어났다.

하지만 그의 가문은 당시에만 해도 보잘것없는 중소문파 정도에 불과했다.

서문광천은 야망이 큰 자였고, 자신의 위치에 만족할 수 없었다.

그는 끊임없이 노력해 후기지수 중에서 제법 이름을 알리게 되었다.

그러나 그뿐이었다.

가문의 무공으로는 경지를 끌어 올리는 데 한계가 있었던 것이다.

가문과 신분의 한계에 좌절하던 그를 찾아온 것이 바로 공지였다.

공지는 그를 강하게 만들어 주는 대신 자신의 술법 연구를 위한 자금과 장소를 지원해 달라고 했다.

너무나 어처구니없는 제안이었다.

그저 술법 연구를 지원해 주면 서문광천을 천하제일인으로 만들어 주겠다니, 어느 누가 믿을 수 있겠는가.

당연히 서문광천은 코웃음을 쳤다.

하지만 공지의 능력을 본 순간 그는 마음을 달리 먹을 수밖에 없었다.

공지가 보여 준 술법들은 그가 듣도 보도 못한 신묘한 것들이었다.

무당이나 소림의 고승과 진인들도 결코 흉내조차 못 낼 놀라운 술법을 아무렇지도 않게 시전 했던 것이다.

게다가 그가 하는 연구라는 것이 실로 어마어마한 것이어서 제대로 지원하기 위해서는 서문세가의 재산이 남아나지 않을 지경이었다.

한 마디로 서문광천에게 전 재산을 투자하면 당신을 천하제일인으로 만들어 주겠다고 제안한 것이다.

서문광천은 모험을 하기로 결정했고, 당시만 해도 그것은 탁월한 선택이라고 믿었다.

하지만 결국 서문광천 역시 처음부터 공지에게 이용당한 것이다.

"더러운 종자들! 오로지 다른 이들을 속이고 이용해 먹는 것이 너희들의 본성이로구나!"

원무가 손가락질을 하며 호통을 쳤다.

한편, 담천은 조용히 천혜린을 응시하고 있었다.

분노라는 것이 너무 커지면 아무런 감정도 느껴지지 않는 것처럼 차분해진다.

머릿속은 오직 한 가지 생각만으로 채워지고 모든 의지는 그 하나를 위해 발현된다.

담천은 더 이상 절규하지도 눈물을 흘리지도 않았다.

지금 그는 오로지 눈앞에 있는 존재들.

천혜린과 공지, 그리고 마신 서문광천을 향한 증오로 가득 차 있었다.

오직 그들을 죽이겠다는 의지만이 담천을 움직이고 있었다.

"너희를 죽이겠다!"

담천의 입술 사이로 나직이 웅얼거리는 듯한 목소리가 흘러나왔다.

공허한 메아리처럼 메마르고 감정이 없는 목소리였다.

하지만 그의 눈빛만은 차갑고 날카롭게 서문광천을 직시하고 있었다.

피식!

이제껏 전혀 표정을 보이지 않던 서문광천의 입꼬리가 위로 올라갔다.

[죽음이란 것이 나에게는 아무런 의미가 없다는 사실을

아느냐?]

마신인 혼주는 신이었다.

근본적으로 불멸의 존재다.

그런 그에게 죽음이란 단어는 해당 사항이 없었다.

"천이백 년 전에도 네놈을 물리쳤던 우리다! 오늘도 네놈의 그 더러운 영혼을 무저갱 속에 처넣어 주마! 모두 대천사오행멸마진(大天使五行滅魔陣)을 준비하라!"

도현이 추상같은 목소리로 명을 내리자 네 명의 사제들이 오각형을 이루며 섰다.

우우우우웅!

동시에 다섯 사람으로부터 황금빛 광채가 뿜어져 나오기 시작했다.

황금빛 광채는 점점 짙어져 하나의 형상을 이루었다.

그것은 키가 삼 장이 넘는 신장(神將)의 모습이었다.

빛의 신장은 거대한 언월도를 머리 위로 치켜들고 서문광천을 향해 벼락처럼 내려쳤다.

[잠시 놀아 주는 것도 괜찮겠지.]

구우우웅!

순간, 마신 서문광천의 몸이 순식간에 본래보다 다섯 배는 커졌다.

한데 무서운 속도로 떨어져 내리는 언월도를 향해 서문광천은 어처구니없게도 맨손을 마주 뻗어 가고 있었다.

쩌어어어엉!

서문광천의 오른손과 신장의 언월도가 부딪히며 대기를 찢는 강력한 충격파가 퍼져 나갔다.

도현과 사제들은 서문광천의 손이 언월도에 조각날 것이라 믿어 의심치 않았다.

하지만 곧 드러난 광경은 도현과 사제들의 희망을 앗아가 버렸다.

사람들의 예상을 비웃듯 빛의 신장이 휘두른 언월도는 서문광천의 손에 잡혀 있었던 것이다.

"저, 저럴 수가!"

믿을 수 없는 광경에 해명이 말을 잇지 못했다.

드드드드득!

거기다 오히려 언월도에 금이 가기 시작하는 것이 아닌가.

콰아아앙!

결국 신장의 언월도가 산산조각이 나 흩어졌다.

"크윽!"

도현을 비롯한 다섯 도사들이 이를 악문 채 선기를 끌어 올렸다.

고오오오!

그러자 언월도가 사라지고 신장의 양손에 한 쌍의 검이 모습을 드러냈다.

신장은 검을 교차시키며 서문광천에게 돌진했다.

삼 장이 넘는 거대한 몸집이라고는 믿어지지 않는 빠른 움직임이었다.

그러나 서문광천은 전혀 동요하지 않았다.

순간, 두 개의 검이 교차하며 벼락처럼 서문광천의 몸을 베어 왔다.

번쩍!

마치 담천이 사용하는 신월첩파와 비슷한 강력한 베기가 서문광천의 몸을 대각으로 갈랐다.

그때 서문광천의 두 눈에서 신광이 뿜어져 나왔다.

화아아악!

쩌어어엉!

강력한 기의 파동이 주변을 휩쓸고 지나갔고, 동시에 신장의 두 검이 먼지가 되어 흩어져 버렸다.

곧바로 서문광천으로부터 빛의 그물이 터져 나왔다.

슈우우욱!

스걱!

빛의 그물에 휩쓸린 황금 신장이 산산조각이 나 사라졌다.

파악!

"커헉!"

"쿨럭!"

술법이 깨지자 도현과 다섯 도사가 피를 토하며 쓰러졌
다.

그야말로 처참한 패배였다.

마신 서문광천은 자리에서 한 발자국도 움직이지 않은
상태였다.

모두의 얼굴에 절망이 깃들었다.

그때 담천이 서문광천을 향해 달려들었다.

담천의 몸 주위엔 암혼기의 소용돌이가 둘러싸고 있었
다.

파파파파파팟!

담천이 천령검을 연달아 휘두르자 초승달 모양의 검기
들이 서문광천을 향해 쏘아졌다.

[건방진 놈!]

스스스슷!

담천이 날린 십여 개의 검기가 서문광천의 몸에 닿는
순간 흔적도 없이 사라졌다.

그 뒤를 덮치는 담천을 향해 서문광천이 손을 쭉 뻗었
다.

쩌러렁!

대기가 일렁이며 아지랑이 같은 기운이 담천에게 쏘아
졌다. 담천은 지체하지 않고 일섬단일을 시전 했다.

번쩍!

콰아아아앙!

폭발과 함께 뒤로 튕겨 나간 담천이 허공에서 다시 자세를 잡았다.

서문광천의 눈에 이채가 일었다.

자신의 공격을 담천이 버텨 냈다는 사실이 의외였던 것이다.

[호오, 제법이구나. 벽을 깨리라고는 예상치 못했는데.]

불완전한 혼원기로 네 번째 단계를 넘어서리라고는 마신인 그도 생각지 못했다.

사실, 네 번째 단계를 넘기 전에 담천의 육신이 터져 나갔어야 옳았기 때문이다.

우우우우웅!

그때 담천이 배력공과 암혼장을 동시에 펼쳤다.

상대는 마신이다.

그 힘이 도대체 어느 정도인지 짐작조차 할 수 없는 존재를 상대로 여력을 남긴다는 것은 어리석은 일이었다.

동시에 담천의 머리 위로 다섯 개의 광구가 생겨났다.

암혼기로 남궁영재와 만귀비의 능력을 흉내 낸 것이다.

슈슈슈슈슉!

암혼기를 압축해 만든 광구를 날린 담천이 다시 한 번 서문광천을 향해 신형을 날렸다.

마신 서문광천의 입꼬리가 다시 위로 말려 올라갔다.

[어리석은 놈! 그 능력을 준 이가 누구더냐!]

위이이이잉!

서문광천을 중심으로 거대한 빛의 원반이 모습을 드러냈다. 원반은 궤도를 도는 행성처럼 서문광천 주위를 회전했다.

슈악!

콰콰콰콰쾅!

빠른 속도로 회전하는 원반에 부딪힌 광구들이 속절없이 터져 나갔다.

콰콰콰콰콰콰!

그 위로 담천이 쏘아 낸 수백 가닥 암혼기의 실이 강타했다.

쩌저적!

놀랍게도 마신 서문광천이 만든 원반에 금이 가기 시작했다.

서문광천의 눈썹이 꿈틀했다.

지금껏 처음 보이는 분노였다.

[귀찮은 놈! 감히!]

화아아악!

빛의 그물이 사방을 덮쳤다.

쩌어어엉!

암혼기의 실들이 산산이 흩어졌다.

급히 신월첩파를 펼쳐 간신히 빛의 그물을 막아 낸 담천이 허공에서 뒤로 주욱 밀려 나갔다.

내상을 입었음인지 담천의 입가에는 한 줄기 핏물이 흘러내리고 있었다.

하지만 담천은 결국 이번에도 마신의 공격을 막아 냈다.

[놈!]

마신 서문광천의 얼굴에 노기가 일었다.

"주인이시여 미천한 자에게 신경 쓰실 필요가 있겠습니까? 제게 맡겨 주십시오."

막 강력한 일격을 날리려던 마신이 움직임을 멈추었다.

담천은 자신이 직접 상대하기에 너무도 미천한 존재였다.

단지 담천의 능력이 예상보다 뛰어나 잠시 버티고 있는 것뿐이다.

마신인 그가 진정한 힘을 드러낸다면 순식간에 한 줌 먼지로 화할 보잘것없는 존재였다.

그런 자를 두고 분노한다는 것 자체가 무의미한 일인 것이다.

마신이 고개를 끄덕여 허락을 하자 천혜린이 뒤쪽으로 신호를 보냈다.

그러자 한 무리의 사람들이 모습을 드러냈다.

순간 담천의 얼굴이 일그러졌다.

그들은 모두 세 명이었는데, 담천의 시선은 그중 여인에게 고정되어 있었다.

"유향!"

담천의 목소리가 흔들렸다.

모습을 드러낸 여인은 바로 서문유향이었던 것이다.

서문유향은 두 명의 사내에게 끌려오고 있었다.

그 사내들은 천씨상단의 단주이자 천혜린의 아버지 역할을 하던 자와 상단의 총관이었던 자였다.

"쓸데없이 시간을 낭비하고 싶지 않으니 이만 끝내기로 하죠. 사실 전 이 순간을 무척 기다려 왔답니다."

천혜린이 혀로 입술을 핥으며 관능적인 미소를 지었다.

"저, 정말 당신이 유벽인가요?"

뒤에서 모든 이야기를 들은 듯 서문유향이 떨리는 목소리로 물었다. 그녀의 초점 없는 눈은 담천이 있는 허공을 향하고 있었다.

담천의 눈동자가 흔들렸다.

머릿속이 멍해지고, 끓어오르던 증오도 어느새 모두 식어 버렸다.

복수와 서문유향 중 어떤 선택을 해야 할까.

생각할 것도 없었다.

죽은 사람의 복수를 위해 자신이 세상에 남긴 유일한 사랑을 버릴 수는 없었다.

"후후후……."

담천이 허탈한 얼굴로 천령검을 내렸다.

그의 두 눈에서는 한 줄기 눈물이 흘러내리고 있었다.

"유벽!"

서문유향이 안타까운 목소리로 담천을 불렀다.

"나를 죽이고 그녀를 살려 주시오. 부탁하오."

담천이 힘없는 목소리로 천혜린에게 말했다.

이렇게 되고 보니 그동안 그토록 복수를 위해 몸부림쳤던 것이 모두 부질없게 느껴졌다.

'그래, 난 이미 죽은 자였거늘……. 무슨 미련이 그리도 많았던가…….'

문득 모든 게 밝혀졌는데 왜 자신은 아직까지 온전한가 하는 엉뚱한 생각이 떠올랐다. 분명 자신의 진정한 정체가 밝혀지면 혼백이 흩어져 버릴 것이라고 했기 때문이다.

천혜린과 마신도 미처 인식하지 못하고 있는 듯했다.

하기야 이제와 그런 것이 무슨 소용이랴.

담천은 서문유향을 두 눈에 담은 채 마지막을 준비했다.

"호호호, 당신은 무언가 크게 착각을 하고 있군요. 어

차피 당신은 죽을 거예요. 한데 당신의 죽음을 대가로 서
문 소저를 살려 달라니요. 그리고 당신을 죽이는 가장 쉬
운 방법이 바로 이거랍니다."

푸욱!

순간, 천혜린의 오른손이 서문유향의 왼쪽 가슴을 그대
로 뚫고 들어갔다.

"안 돼!"

담천이 놀라 소리쳤다.

급히 몸을 날려 천혜린을 막으려 했지만, 마치 시간이
멈춘 듯 그의 움직임은 느리기만 했다.

천혜린의 손이 천천히 서문유향의 가슴에서 빠져나왔
다.

그녀의 손에는 서문유향의 심장이 들려 있었다.

눈을 부릅뜬 서문유향의 육신이 서서히 무너져 내렸다.

"유향!"

담천의 절규가 허공으로 흩어졌다.

너무도 잔혹한 모습에 담천의 두 눈에서 피눈물이 흘러
내렸다.

쿠우우웅!

순간 담천의 머릿속에서 폭발이 일어났다.

동시에 담천의 심장이 터져 나갔다

혼이 담긴 그릇이 깨지면서 술법이 파괴된 것이다.

담천의 의식은 그대로 꺼져 버렸다.

혼을 잃은 육신이 땅으로 떨어져 내렸다.

퍽!

"담 공자!"

해륜이 눈물을 흘리며 담천에게 달려갔다.

원무와 해명은 멍한 얼굴로 담천의 죽음을 지켜봤다.

모든 일이 너무도 순식간에 벌어졌기에 도무지 정신을 차릴 수 없었다.

[어차피 너희도 곧 뒤를 따를 것이니 너무 서운해 말라.]

우우우우웅!

마신이 손을 들어 올리자 지름이 일 장은 되어 보이는 거대한 광구가 나타났다.

남궁영재나 만귀비가 쏘아 낸 광구와 비교해 볼 때, 직접 겪어 보지 않아도 그 위력을 능히 짐작할 수 있었다.

도현을 비롯한 도사들과 해륜, 원무, 해명은 모든 것을 포기한 채 눈을 감았다.

그나마 장두가 함께 오지 않은 것이 다행이라 생각했다.

하기야 결국엔 장두 역시 그들의 뒤를 따르게 될 것이다.

마신이 손을 뻗어 광구를 날리려는 순간이었다.

퍼퍼퍼퍼퍼펑!

수백 개의 빛줄기가 마신의 몸에 작렬했다.

동시에 마신의 손에 형성되었던 광구가 흩어져 버렸다.

콰콰콰콰쾅!

하나하나가 상당한 위력을 가진 빛줄기들은 쉴 틈 없이 마신을 공격했다.

"여기는 우리가 맞을 것이니 그대들은 일단 몸을 피하도록 하십시오!"

익숙한 목소리와 함께 각양각색의 독특한 외모를 가진 삼십여 명의 사람들이 허공으로 날아왔다.

그 선두에 있는 자는 머리며, 옷, 눈동자까지 온몸이 녹색 일색이었는데, 바로 장강의 이무기 망원이었다.

"망원!"

원무가 망원을 알아보고 소리쳤다.

"오랜만이군요. 지금은 회포를 풀 시간이 없으니, 어서 몸을 피하십시오."

망원과 함께 온 자들 역시 행색이 몹시 기괴했는데, 아마도 그들 역시 요마인 듯했다.

"급한 대로 근처에 있는 요마들만 끌어모은 터라 언제까지 놈을 막을 수 있을지 장담할 수 없군요. 우리도 반각 정도 시간을 벌다 도망칠 것입니다. 안전해지면 다시 연락을 드릴 테니, 그때 전열을 정비해서 함께 놈을 상대하도록 하는 것이 좋겠습니다."

망원은 천이백 년 전에 마신을 직접 상대해 본 경험이 있었기에 그 무서움을 더욱 잘 알고 있었다.

마신을 상대하기 위해서는 수불도와 천사궁, 요마들이 함께 힘을 합쳐야 했다.

하지만 지금은 마신의 갑작스런 등장으로 인해 아무런 대비도 되어 있지 않은 상태였다.

일단은 전열을 정비할 필요가 있는 것이다.

"요마!"

도현이 차가운 눈으로 망원을 바라봤다.

"보아하니 천사궁에서 제법 높으신 분 같은데, 그렇다면 천이백 년 전 마신과의 싸움에서 어떻게 승리할 수 있었는지 잘 아실 겁니다."

도현이 눈살을 찌푸렸다.

당시 마신과의 싸움에서 삼천이 넘는 요마들과 인간이 한편이 되어 싸웠다는 사실을 알고 있었기 때문이다.

만일 그렇지 않았다면 결코 마신을 이길 수 없었을 것이다. 하지만 그렇다 해도 요마를 쉽게 믿을 수는 없었다.

"지금 이럴 시간이 없습니다! 복잡한 것들은 우선은 몸을 피한 후에 따지도록 하시지요!"

망원의 말이 맞았다.

여기서 쓸데없는 고민을 해 봐야 아무런 도움도 되지

않았다.

잠시 생각을 정리하던 도현이 결심을 굳힌 듯 일행을 돌아봤다.

"해명! 해륜를 데리고 나를 따르거라! 일단 형문산으로 몸을 피한다! 원무 자네도 뒤따르게!"

형문산에는 천원동(天元洞)이라는 곳이 있었는데, 중원 땅에서 자연적으로 선기가 형성되는 몇 안 되는 곳 중 하나였다.

그곳이라면 마신에게서 어느 정도 버틸 수 있을 것이다.

게다가 장강을 넘어가면 바로였기에 지리적으로 가깝기도 했다.

"스승님 담 공자의 시신을 이대로 두고 갈 수 없습니다!"

해륜이 안타까운 눈으로 말했다.

도현이 잠시 고민하는 듯 담천의 시신을 바라봤다.

어찌 보면 담천이야말로 가장 큰 피해자였다.

마신에게 모든 것을 잃고, 부활하는 데 이용당하기까지 했다. 결국, 원수의 부활을 도운 셈이다.

비록 시신일지라도 원수의 손에 이대로 두고 간다는 것은 너무도 가혹한 처사였다.

"해명이 시신을 수습하거라. 서둘러라!"

결국, 도현은 담천의 시신을 수습하기로 결정했다.

[버러지 같은 놈들!]

그때 천지를 울리는 사자후와 함께 마신의 몸에서 빛의
그물이 터져 나왔다.

화아아아악!

"캬악!"

"케에엑!"

단 일 수에 일곱 요마가 육편이 되어 허공에 흩어졌다.

이런 속도라면 반 각을 버티는 것도 무리였다.

"어서 움직이십시오!"

망원이 속이 타는 듯 도현을 재촉했다.

"가자!"

담천의 시신을 챙긴 일행은 장강 건너편에 위치한 형문
산으로 향했다.

◐

배를 타고 장강을 건넌 일행은 형문산에 도착했다.

원무는 장두를 데려오기 위해 나중에 합류하기로 하고
빠져나간 상태였다.

형문산을 오르는 일행의 걸음은 무겁기만 했다.

마신의 부활은 세상에는 재앙.

마신은 궁극적으로 세상 모든 생명체의 말살을 추구하기 때문이다.

천이백 년 전에는 요마와 인간이 힘을 합쳐 그야말로 간신히 물리칠 수 있었으나, 지금은 그때와 상황이 많이 달랐다.

우선은 천사궁과 수불도의 전력이 너무 약화된 상태였다.

당시에는 양쪽 제자들 수를 합하면 천오백 명이 넘어가는 규모였으나, 지금은 천사궁이 스물두 명, 수불도는 반도(叛徒) 공지를 포함한다 해도 고작 세 명 불과했다.

그조차 공현 대사는 움직일 수도 없는 상황이었다.

그것은 요마들 또한 마찬가지였다.

그때, 삼천이 넘던 요마들 중 삼분지 이가 사라지고, 이젠 일천에도 못 미치는 개체만 남아 있었다.

모든 면에서 당시보다 불리한 상황인 것이다.

하지만 아무리 상황이 절망적이라 해도 포기할 수는 없었다.

그들이 포기하는 순간 세상은 더 이상 존재하지 않게 될 것이기 때문이다.

"스승님, 의창의 백성들은 어찌 되는 것입니까? 우리만 이렇게 빠져나와도 되는 것입니까?"

해륜이 걱정스러운 얼굴로 물었다.

"마신이 사용하는 아수라파천보는 주변의 모든 생명체와 물질을 재로 돌리는 무서운 능력이다. 대신 옛 기록에 의하면 그 속도가 그다지 빠르지 않다. 아마도 의창을 전부 멸하기까지는 어느 정도 시간이 걸릴 게다. 그 정도면 일반 백성들이 몸을 피하는 데는 큰 무리는 없을 것이야. 결국엔 몸을 피하는 것 자체가 의미가 없게 되겠지만……."

도현이 착잡한 얼굴로 말했다.

어차피 마신의 손에서 피할 곳은 없다.

단지 조금의 시간을 버는 것뿐이다.

그나마 희망을 걸어 볼 수 있는 유일한 방법이 천원동에서 놈을 상대하는 것이다.

물론 그것도 마신이 천원동으로 쫓아와 준다는 가정이 성립해야 하지만 말이다.

만일 그렇지 않을 경우에는 결국, 요마들과 힘을 합쳐 최후의 일전을 벌이는 수밖에 없었다.

이런 저런 복잡한 생각들로 도현이 고민을 하고 있는 사이 일행은 어느새 천원동에 도착했다.

천원동은 동굴이 아닌 사방이 기암절벽으로 둘러싸인 호리병 모양의 골짜기였는데, 위로 갈수록 좁아져서 마치 절벽들이 동굴 천장 역할을 하는 듯한 독특한 지형이었다.

천원동에 들어서자마자 청량한 기운이 일행의 몸을 가득 채웠다.

골짜기 중앙에는 몇 채의 모옥이 세워져 있었는데, 예전부터 천사궁 도사들이 수련을 위해 자주 들렸던 곳인지라 숙식에 필요한 간단한 물품들도 갖추어져 있었다.

일행은 그중 가장 규모가 큰 모옥으로 향했다.

"스승님, 담 공자의 시신은 어찌할까요?"

해명이 착잡한 얼굴로 물었다.

"일단 바닥에 내려놓거라. 제라도 지내 주어야지……."

도현이 담천의 시신을 향해 걸음을 옮겼다.

"무량수불…… 응?"

도호를 외며 막 제문을 외우려던 도현의 눈이 부릅떠졌다.

"잠깐!"

도현이 갑자기 몸을 낮추고 담천의 시신을 자세히 살피기 시작했다.

분명 담천의 시신에는 생명의 조짐이 하나도 보이지 않았기에 일행은 의아한 얼굴로 도현의 행동을 바라봤다.

"이럴 수가!"

도현이 탄성을 터뜨렸다.

"대체 무슨 일입니까? 스승님?"

해명이 답답한 듯 물었다.

그 옆에서 해륜은 안절부절 못하고 있었다.

"혼원기 때문인가?"

도현은 제자들의 물음이 들리지 않는지 심각한 얼굴로 혼잣말을 했다.

한동안 담천의 시신을 이리저리 살피던 도현이 고개를 자리에서 일어났다.

"해명! 담 공자를 방으로 옮겨라!"

해명이 어리둥절한 얼굴로 도현을 바라봤다.

스승이 마치 담천이 살아 있기라도 한 것처럼 행동했기 때문이다.

하지만 분명 담천은 맥도 없었고, 호흡도 멈춰 있었다.

아무리 담천이 특수한 육신을 가지고 있다 해도 숨을 쉬지 않고는 살 수 없었다.

"서, 설마 담 공자가 살아 있는 것입니까?"

해륜이 놀란 얼굴로 물었다.

담천의 특이한 육체에 대해 잘 알고 있는 해륜이었기에 생명 징후가 없다 해도 혹시 살아 있는 것은 아닐까 희망을 가지고 있었던 것이다.

"흐음…… 글쎄. 살아 있다고 볼 수는 없지만, 그렇다고 죽었다고 보기에도……."

도현의 미간에 내 천자가 그려졌다.

"확실한 것은 아직 백(魄)이 육신에서 유리(遊離)되지 않았다는 것이다."

해륜과 해명이 깜짝 놀랐다.

인간에게는 혼과 백이 존재한다.

혼은 정신을, 백은 육신을 각각 지배하는데, 인간이 죽게 되면 혼은 저승으로 올라가고, 백은 육신에 남게 된다.

하지만 육신에 남은 백은 살아 있을 때와는 달리 육신과 하나가 아닌 서로 분리된 상태로 존재하게 된다.

특히 육신을 빠져나와 귀(鬼)가 되기도 하는데, 그로 인해 원혼들이나 원귀들이 생겨나게 되는 것이다.

그런데 놀랍게도 담천의 백은 육신과 분리되지 않고 그대로 있다는 이야기였다.

그것은 곧 담천이 아직 살아 있다는 이야기였다.

"문제는 혼이 없다는 것이야. 자아와 의식이 없는 몸은 시체와 다를 바가 없지……."

무슨 일인지 담천의 혼을 찾을 수가 없었다.

"아마도 몸 안에 있는 혼원기가 백을 붙잡은 듯한데……."

도현이 도저히 모르겠다는 듯 고개를 절레절레 흔들었다.

현재 담천의 머리에는 한줄기 혼원기가 똬리를 틀고 있었다.

놀라운 것은 이 혼원기가 도현이 처음 담천에게서 감지했던 불완전한 것이 아닌 진정한 혼원기라는 것이다.

물론 도현이 혼원기를 실제로 접해 본 적은 없었기에 확신할 수는 없었으나, 현재 담천의 머리에 머물고 있는 혼원기는 지금껏 자신이 접해 본 모든 기운 중에서 가장 안정되고 성스러움마저 느껴졌다.

도를 닦는 도사들은 물론, 자연계에서도 이런 기운은 존재하지 않았다.

그것이 혼원기가 아니라면 무엇이랴.

"당장에는 우리가 담 공자를 위해 할 수 있는 일이 아무것도 없으니, 조금 지켜보기로 하자."

해륜의 두 눈에서 눈물이 흘러내렸다.

어찌 되었든 담천이 완전히 죽지 않았다는 사실이 너무도 기뻤다.

마신의 부활이라는 큰 재앙이 눈앞에 닥친 상황에서 기쁨을 느낀다는 것 자체가 사치이긴 했으나, 그래도 담천이 살 수 있다는 사실이 지금은 그녀에게 가장 중요했다.

"쯧쯧, 그렇게 좋으냐? 하기야 정혼자도 헤어진 것이나 마찬가지니 이젠 걸릴 것도 없겠구나. 후후후."

담천을 방으로 옮기던 해명이 농을 던지자 해륜의 두 볼이 붉게 상기되었다.

그래도 좋은 소식이 하나 있다는 것이 그들에게는 약간

의 위안을 줬다.

　도현은 전서를 날려 나머지 천사궁 제자들을 천원동으로 집결시키도록 했다. 또한, 사제들과 함께 마신이 쫓아올 경우를 대비해 천원동 곳곳에 진을 설치했다.

　해륜과 해명은 스승을 돕는 틈틈이 교대로 담천을 살폈다.

　이렇게 모두가 마신과의 싸움을 준비하기 위해 바쁘게 움직이던 사흘째 날 망원에게서 연락이 왔다.

6장
부활

의창은 사흘 만에 풀 한 포기 남지 않고 폐허로 변해 버렸다.

 의창을 폐허로 만든 마신은 장강을 따라 남하하고 있었다.

 움직임이 빠르지 않았기에 아직 피해를 입은 곳은 많지 않았으나, 점점 그 속도가 빨라지고 있는 상황이었다.

 만일 이대로 간다면 한 달도 못돼 호북은 더 이상 살아 있는 것이 남아 있지 않게 될 것이었다.

 그때 망원에게서 연락이 왔다.

 어떻게 도현 등이 있는 곳을 알았는지, 망원은 천원동 입구로 머리가 독수리를 닮은 요마 하나를 보내 왔다.

선기가 가득한 천원동 안으로는 들어오지 못하고, 밖에서 서성이는 것을 일행이 발견한 것이다.

요마가 전한 전갈은 다음과 같았다.

"이달 열하루 날 형주에서 집결하여 마신을 상대할 예정입니다. 요마 쪽은 구백이 합류할 것 같습니다. 천사궁과 수불도에서도 최대한 인원을 끌어모아 합류해 주십시오."

도현이 눈살을 찌푸렸다.

천원동이 아닌 다른 곳에서 마신을 상대하게 되면 승리할 가능성이 그만큼 더 떨어지게 된다.

그러지 않아도 이길 가망성이 거의 없는 싸움인데, 거기서 더 가능성이 적어진다면 절망적이었다.

하지만 어쩔 수 없는 것이 이미 장강을 따라 남하하기 시작한 마신을 형문산으로 끌어들일 방법이 없었다.

그렇다면 망원의 계획대로 형주에서 최후의 결전을 벌이는 편이 최선이었다.

열하루 날이면 칠 일 후.

아마도 마신이 움직이는 속도에 맞추어 날짜를 계산한 것이리라.

칠 일 후라 해도 미리 도착해 마신과 싸울 준비를 하려면 최소한 하루 정도는 여유를 둬야 했다.

"엿새 만에 형주까지 가려면 서둘러야겠군."

도현이 굳은 얼굴로 말했다.

"망원에게 형주로 갈 것이라 전하라."

독수리 머리 요마는 알았다는 듯 고개를 끄덕이고는 하늘로 날아올랐다.

일행은 다음 날 천사궁의 제자들이 모두 도착하자, 곧장 짐을 챙겨 형주로 출발했다.

담천은 모옥에 남겨 둔 채였다.

원무는 아직 도착하지 않아 함께하지 못했다.

장두를 아직 찾지 못한 듯했다.

의창이 이미 마신에게 초토화되었다면 그전에 담씨일가와 함께 피신했을 가능성이 높았다.

아마도 그래서 장두를 찾는 데 시간이 걸리는 듯했다.

혹시 원무가 장두와 함께 돌아왔을 때를 대비해 일행은 서찰을 남겨 두었다.

◑

걸음을 서두른 결과 일행은 닷새 만에 형주에 도착할 수 있었다.

생각보다 하루를 더 줄인 것이다.

"끄르르륵!"

"캬아아악!"

형주 입구는 요마들로 가득했다.

생김새도 가지각색이어서 짐승의 모양부터 곤충에 이르기까지 기괴하기 그지없었다.

"어서오십시오! 그때는 경황이 없어서 제대로 인사를 드리지 못했군요. 저는 장강을 다스리는 이무기 망원이라 합니다."

망원이 서글서글한 미소를 지으며 도현에게 인사했다.

"천사궁 궁주 도현이라 하오."

"아, 궁주님이셨군요! 어쩐지 도력이 보통이 아니라고 생각했습니다, 하하하. 일단 안쪽으로 드시지요."

어느새 막사를 설치한 상태였다.

일행은 망원을 따라 막사로 들어갔다.

막사 안에는 다섯 요마가 미리 자리하고 있었다.

"여기 다섯 분은 모두 천이백 년 전 마신과의 전쟁에서 살아남은 분들입니다."

망원의 이야기에 도현이 놀란 표정을 지었다.

모두 최소한 천 년을 넘게 살아온 존재들인 것이다.

아마도 그만큼 대단한 능력들을 가지고 있을 것이다.

"사실 저는 저 이외에 마신과의 전쟁에서 살아남은 요마가 더 있으리라고는 생각하지 못했습니다. 한데 이번에 마신이 부활하면서 수소문 끝에 이분들을 만나게 됐지요."

다섯 요마는 각각 호랑이, 여우, 거북이, 지네, 나무 요마였다.

그들은 마신과의 전쟁 이후 각지에 흩어져 있다가, 이번에 의창에 마신이 나타났다는 사실을 알고 달려온 것이다.

다섯 요마들은 모두 망원 못지않은 능력을 지니고 있었다.

그중 호신(狐神)이라는 여우 요마와, 혼목(魂木)이라는 나무 요마는 무려 이천오백 년을 산 존재들로 오히려 망원을 능가하는 강력한 힘을 가지고 있었다.

"한데, 천사궁과 수불도에서는 전부 오신 것입니까?"

망원이 단출한 도현 일행을 보고 의아한 얼굴로 물었다.

모두 합해 봐야 총 스물두 명의 인원이었다.

그가 알기로는 천사궁만 해도 오백의 넘는 도사들이 있었다. 한데, 스물둘밖에 모습을 드러내지 않았으니 의아할 수밖에 없었다.

"흠…… 그간 마귀들과의 싸움으로 인해 많은 제자들이 목숨을 잃어 지금은 이 인원이 전부요."

도현이 착잡한 얼굴로 말했다.

"그렇군요……."

아쉬운 듯 망원이 도현 일행을 바라봤다.

마신에게는 요마들보다 도사나 중이 더 큰 힘을 냈다.

마기와 상극인 선기를 가지고 있었기 때문이다.

천사궁과 수불도 제자들의 수가 줄었다는 것은 그만큼 승리의 가망성도 적어졌다는 이야기였다.

"어쩔 수 없지. 인간들은 상관 말고 우리라도 최선을 다하는 수밖에. 어차피 인간들이 도움이 되리라고 생각지 않았으니까."

호랑이 요괴인 귀호(鬼虎)가 퉁명스럽게 말했다.

"흥! 설마 천이백 년 전 일을 잊은 것은 아니겠지? 그때 네놈은 천사궁 늙은이가 아니었으면 호랑이 이불이 되었을걸?"

지네 요괴 지공(地蚣)이 코웃음을 치며 말하자 귀호가 발끈하며 자리에서 일어났다.

"감히! 네놈이 나를 모욕하는 것이냐?"

"그렇다면 어쩌려고?"

지공 역시 지지 않고 날을 세웠다.

마신을 잡기 위해 한데 모이기는 했으나, 이들은 근본적으로 요마였다.

서로 마음을 맞추는 것이 쉬울 리가 없었다.

"자자, 제발 진정들 하십시오! 지금 중요한 것이 무언지 잊으셨습니까? 힘을 합쳐도 될까 말까 한 판국에 우리끼리 이렇게 분란을 일으켜서야 되겠습니까?"

망원이 나서서 말리자 두 요마가 마지못해 다시 자리에 앉았다.

소란이 가라앉고 난 후 망원을 포함 여섯 요마와 도현 일행은 앞으로의 계획을 논의했다.

도현과 도사들은 근처에 진을 설치해 최대한 마신의 힘을 분산시키기로 했다.

요마들은 지형 곳곳 풀이나 돌, 나무에 여러 가지 저주와 함정을 준비했다.

이렇게 인간과 요괴들이 힘을 합하여 마신과 맞서 싸울 연합군이 형성되었다.

천이백 년 만에 다시 만들어진 인요 연합군이었다.

◐

도현이 형주에 도착한 이틀 후 드디어 마신이 모습을 드러냈다.

자신을 막아선 천 명에 가까운 요마와 인간들을 보고서도 마신은 눈 하나 꿈쩍하지 않았다.

[어리석구나. 겨우 이 정도로 나를 막으려 하다니.]

마신은 귀찮다는 듯 요마와 천사궁 제자들을 둘러봤다.

"천이백 년 전의 일을 벌써 잊었나 보군? 그때는 분명 우리가 이겼었는데 말이지."

망원이 비꼬는 투로 마신에게 말했다.

[힘이 없는 자가 말이 많은 법이지.]

후우우우웅!

순간, 마신을 중심으로 기파가 동심원을 그리며 퍼져 나갔다.

서걱! 슈악!

기파에 걸린 요마들 일곱이 손 한 번 제대로 못 써 보고 그대로 토막나 죽었다.

"공격!"

동시에 요마들과 천사궁 제자들이 한꺼번에 마신에게 달려들었다.

슈우욱! 퍼펑! 쉬아악!

여기저기서 빛줄기가 뿜어져 나오고, 크고 작은 폭발들이 일어났다.

하지만 대부분이 마신의 몸을 둘러싼 기의 막을 뚫지 못하고 있었다.

반면, 마신이 손을 쓸 때마다 네다섯 명의 요마들이 속절없이 쓰러졌다.

워낙에 수가 많은 터라 줄어드는 것이 표시가 나지는 않았지만, 이대로라면 결국 전멸하는 것은 시간문제일 뿐이었다.

그때 망원을 비롯한 여섯 요마가 공격에 가담했다.

쿵! 콰아앙!

여섯 요마의 공격은 다른 요마들과는 차원이 달랐다.

망원 특유의 녹색 채찍이 허공을 수놓고, 호랑이 요괴 귀호는 키가 무려 오 장에 이르는 거대한 덩치로 화해 마신을 두들겼다. 지네 요괴 지공은 녹색 액체를 뿜어내어 마신의 보호막을 조금씩 녹였다.

가장 놀라운 것은 여우 요괴 호신과 나무 요괴 혼목이었다.

호신은 꼬리가 열두 개나 달린 십이미호(十二尾狐)였는데, 뇌전과 바람, 불, 얼음창을 자유자재로 사용해 마신을 괴롭혔다.

게다가 움직임마저 신출귀몰해서, 마치 수십 마리의 여우가 마신을 둘러싸고 있는 듯했다.

나무요괴 혼목은 그 공격법이 무척 독특했다.

붉은 혈목(血木)으로 화한 그는 주변의 모든 땅에 뿌리를 내린 후 지기(地氣)를 빨아들여 자신의 힘으로 사용했다.

게다가 땅을 지배하는 힘을 가지고 있어서, 순식간에 나무 정령들을 소환하거나, 바위와 용암으로 된 거인을 불러내어 마신을 공격했다.

특이한 것은 그것들 모두 상대의 힘을 흡수하는 능력을 가지고 있었다는 것이다.

나무 정령이나 용암 거인은 마신의 방어막을 흡수해 엷게 만들었다.

　그들의 가세로 마신의 공격도 주춤하기 시작했다.

　물방울이 떨어져 바위를 쪼개는 것처럼, 아무리 하찮은 공격이라도 헤아릴 수 없이 중첩되자 조금씩 충격을 받을 수밖에 없었다.

　천사궁 도사들의 활약 역시 무시할 수 없었다.

　일전에 도현을 비롯한 다섯 도사들이 만들어 냈던 대천사오행멸마진을 스물두 명의 도사가 한꺼번에 펼치자 그 위력이 열 배가 넘게 불어났다.

　황금빛 신장은 이제 몸과 무기에서 눈부신 성화(聖火)가 타오르고 있었다.

　게다가 두 가지 무기를 동시에 사용해 마신을 공격했는데, 전과는 달리 마신의 공격에 부서지거나 소멸되지 않고 조금씩 타격을 주고 있었다.

　이렇게 되자 모두의 얼굴에도 희망이 서리기 시작했다.

　"조금만 더 힘내자! 놈도 부활한 지 얼마 안 돼 힘이 온전치 않다! 이때를 놓친다면 더 이상의 기회는 없다!"

　망원이 요마들을 독려했다.

　이대로 몰아붙인다면 마신의 육신을 쪼개어 봉인하는 것도 가능할 것 같았다.

　우우우우우우우!

그때였다.

천지를 뒤흔드는 장소성이 울려 퍼졌다.

동시에 하늘이 어두워지고, 사위가 암흑으로 덮였다.

그르르륵!

우우우우!

키이이이이!

동시에 암흑 속에서 정체불명의 덩어리들이 꿈틀대기 시작했다.

"마령(魔靈)들이다! 조심해라! 혼백을 잡아먹는다!"

망원이 긴장한 목소리로 소리쳤다.

마신의 또 다른 권능이 모습을 드러낸 것이다.

천이백 년 전에도 마령에 의해 수많은 요마들과 인간이 목숨을 잃었다.

형체가 없고, 물리적 공격이 통하지 않기에 상대하기가 무척 까다로웠다.

오로지 술법으로 상대해야 했다. 물리적 능력이 강한 요괴들에게는 최악의 상대였다.

쉬쉬쉬쉬쉭!

마령들이 쏜살같이 요마와 천사궁의 제자들을 덮쳤다.

퍼퍼퍼퍽!

"크아악!"

"우어어어!"

사실 마령의 진정한 무서움은 두 번째 능력에 있었다.

혼백을 먹힌 자는 마령의 지배하에 놓이게 되어 같은 편을 공격하는 것이다.

"크악!"

"커헉!"

옆에 있던 동료가 갑자기 공격을 해 오자 속수무책으로 요마들이 쓰러져 갔다.

더욱 안 좋은 것은 그로 인해 요마들의 동맹에 금이 가기 시작한 것이다.

서로를 믿지 못하는 요마들의 특성상 그러지 않아도 불안했던 동맹.

한데 동료에게 공격을 당하면서 그나마 실낱같은 믿음마저 깨져 버린 것이다.

결국 서로가 서로를 죽이는 자중지란이 일어났다.

"이런! 정신 차려!"

망원이 다급히 사태를 수습하려 했으나, 이미 광기에 휩싸인 요마들에게 통할 턱이 없었다.

"젠장!"

망원을 비롯한 여섯 요마들이 욕지기를 토해 냈다.

급이 낮은 요괴들의 어리석음이 다잡은 승기를 다시 마신 쪽으로 돌린 것이다.

[버러지 같은 놈들!]

상당히 고전한 터라 화가 머리끝까지 난 마신의 눈에서 섬뜩한 광망이 터져 나왔다.

번쩍!

동시에 빛의 그물이 요마들을 휩쓸었다.

"크아악!"

"캬아아악!"

일수에 수십 명의 요마가 한꺼번에 도륙되었다.

그렇지 않아도 마령으로 인해 서로를 죽이고 있는 상황인지라 요마들의 숫자는 순식간에 줄어들었다.

결국 삼백이 넘는 숫자가 죽고 나자 겁에 질린 요마들은 뿔뿔이 흩어져 달아나기 시작했다.

"이런!"

망원이 안타까운 얼굴로 이를 악물었다.

이 상태로는 더 이상 마신을 상대할 수 없었다.

"일단 후퇴하도록 하지."

혼목의 말에 망원이 고개를 끄덕였다.

이대로 개죽음을 당하느니 다음 기회를 기약하는 편이 나았다.

"모두 후퇴하라!"

후퇴 명령이 내려지자 요마들은 뒤도 돌아보지 않고 달아났다.

천사궁 제자들 역시 참담한 심정으로 다시 천원동으로

돌아갈 수밖에 없었다.

이렇게 인요 연합군과 마신의 대결은 결국 참담한 패배로 끝을 맺었다.

◉

의창에서 마신이 나타났다는 소식이 강호에도 전해졌다.

그것도 서문광천이 마신이라는 이야기에 모두는 경악할 수밖에 없었다.

수장을 잃은 무벌의 가문들은 제대로 대응도 못해 보고 본가로 피신했다.

사실상 무벌은 해체된 것과 마찬가지였다.

의창이 초토화되고 장강을 따라 남하하던 마신이 방향을 바꾸어 무한으로 향하고 있다는 소식도 들렸다.

무한은 정천맹이 있는 곳.

무림은 즉시 각 문파에 소집령을 내렸다.

구대문파의 고수들이 무한으로 집결했다.

특히 무당과 소림은 은거 고수들까지 불러들여 마신과의 일전에 대비했다.

본래의 서문광천이라 해도 그 능력을 가늠하기가 어려웠는데, 마신으로 화한 그가 얼마나 강할지 짐작도 가지 않는 상황이었다.

세상의 종말이니 생명의 말살이니 하는 이야기가 결코 허황되게만 들리지 않았다.

조정 또한 움직였다.

마신의 강림은 비단 무림만의 문제가 아니었다.

마신이 지나가는 곳은 풀뿌리 하나 남지 않고 모든 생명체가 소멸했다.

민초들 역시 예외는 아니었다.

피난을 떠나는 이들은 살아남을 수 있었으나, 모든 땅이 황폐화되고 나면 도망치는 것 역시 아무 의미가 없었다.

또한 마신이 움직이는 속도와 황폐화 범위가 점점 더 커지고 있었다.

처음 이십 장 정도에 불과했던 아수라파천보의 범위가 이젠 오십 장이 넘어가고 있었다.

마신을 중심으로 제법 큰 문파의 연무장 정도 넓이가 순식간에 초토화되고 있는 것이다.

결국 황군이 움직였다.

황군과 함께 도독부의 병력이 마신을 막기 위해 출전했다.

이 모든 것이 마신이 의창에서 부활한 지 십 일 동안 일어난 일이다.

천사궁 일행이 천원동에 도착한 것은 마신과의 싸움이
있은 오 일 뒤였다.

도현을 비롯한 천사궁 제자들의 사기는 땅에 떨어져 있
었다.

마신이 보여 준 힘은 그들이 생각했던 것 이상이었다.

결전 초만 해도 충분히 해볼 수 있다는 희망이 있었으
나, 마신이 사용한 마령의 위력을 직접 본 후에는 전의를
상실했다.

마신이 만들어 낸 마령의 숫자는 무려 삼천이 넘었다.

삼천의 마령이 덮쳐 오는 광경은 공포 그 자체였다.

능력이 떨어지는 요마들은 그대로 마령의 꼭두각시가
되었다. 그들이 같은 편을 공격하면서, 전장(戰場)은 순
식간에 아수라장이 되었다.

마신에게 죽는 자들보다 같은 편에게 죽는 이들이 더
많았다.

문제는 당장에 마령을 상대할 뾰족한 방법이 없다는 것
이다. 이런 상태에서는 연합군이 제 역할을 할 수가 없었
다.

"스승님 이제 어떻게 되는 것입니까?"

해명이 걱정스러운 얼굴로 물었다.

"흐음……."

하지만 도현 역시 현재로서는 무어라 대답을 할 수가 없었다.

"일단 마령을 막아 낼 술법을 강구해 봐야겠다. 그것을 막지 않고는 마신과 상대하는 것 자체가 불가능해……."

더 무서운 것은 이번 대결에서 마신이 보여 준 신위가 그가 가진 전부가 아니라는 사실이었다.

마령보다 더 강력한 능력들이 있을 수도 있었다.

이래저래 걱정만 앞섰고, 해결책은 보이지 않았다.

모두 무기력하게 시간만 흘려보내고 있던 바로 다음 날, 걱정했던 원무와 장두가 나타났다.

'어째서 의식이 있는 것인가?'

담천은 암흑 속에서 생각했다.

분명 서문유향이 죽는 순간 자신의 혼백은 소멸되었어야 했다.

한데 이렇게 생각을 할 수 있다는 것은 아직 자신의 혼이 소멸되지 않았다는 이야기였다.

주변은 온통 암흑뿐이었다.

아니, 암흑이 있는지조차 알 수 없는 무(無)의 세계였다.

아무것도 느껴지지 않고, 보이지도, 들리지도 않았다.

그저 생각만이 존재할 뿐이었다.

그 생각조차도 희미해서 마치 심해(深海)의 어둠 속에서 눈을 뜬 것과 같은 막연하고 몽롱한 느낌이었다.

'왜 혼백이 흩어지지 않은 것이지?'

벌써 두 번째 갖게 되는 의문이었다.

처음 자신의 정체가 밝혀졌을 때도 이와 같은 의문이 들었다.

분명 봉혼단시의 계약에 담천이 초유벽인 사실이 누군가에게 밝혀지게 되면 일각이 지나 혼백이 흩어진다고 했었기 때문이다.

'그것을 밝힌 사람이 천혜린과 혼주라서 그런 것인가?'

어쩌면 그럴 수도 있었다.

'한데, 왜 지금은 또 혼이 소멸되지 않은 것인가?'

이렇게 암흑 속에 있는 것을 보면 자신이 죽은 것은 분명해 보였다.

'아니면 기절한 상태인가?'

아무리 생각해도 그것과는 무언가 달랐다.

마치 흩어지는 생각들이 끈적끈적한 거미줄에 걸려 있

는 듯한 묘한 느낌이었다.

담천은 몽롱한 의식을 잡으려 최대한 집중했다.

'생각하자!'

담천은 무언가를 떠올리려 노력했다.

어쩐지 그렇게 해야 될 것 같은 느낌이 들었다.

살기 위해서도 아니었고, 딱히 이유가 있어서도 아니었다.

그저 무의식적으로 계속 무언가를 떠올려야 한다는 생각이 들었을 뿐이다.

서문유향이 죽어 가던 모습이 생각났다.

하지만 아무런 분노도 느껴지지 않았다.

서문유향의 심장을 손에 쥐고 웃던 천혜린의 얼굴이 떠올랐다.

그럼에도 담천에게는 아무런 감정도 생기지 않았다.

[왜 그리 애쓰는 거지? 그것들이 무슨 의미가 있나?]

그때 갑자기 목소리가 들려왔다.

익숙하면서도 무척 따뜻하면서 포근한 목소리였다.

'누구?'

담천의 마음속에 아주 작은 동요가 일었다.

그렇다고 그것이 담천의 마음을 흔들지는 못했다.

다만 잿더미 속에 숨은 작은 불씨처럼 보이지 않는 무언가를 심었다.

[꿈이 현실과 다른 것이 무엇인가? 육신은 껍질이 아닌 다른 무엇인가?]

목소리가 의미를 알 수 없는 말들을 토해 냈다.

동시에 암흑 속에서 흐릿한 형상이 점점 모습을 드러냈다.

'인간?'

그것은 분명 인간의 형상이었다.

아직 너무도 흐릿했기에 얼굴을 알아볼 수는 없었으나, 드러난 윤곽은 인간의 것이었다.

[생각이라는 것은 현상인가? 아니면 의지인가?]

다시 한 번 목소리가 들려오며 형상이 또렷하게 그 모습을 드러냈다.

'그대는?'

담천의 마음에 조금 더 큰 동요가 일어났다.

'나?'

형상은 바로 담천 그 자신이었던 것이다.

눈을 감고 있던 형상이 서서히 두 눈을 떴다.

하지만 놀랍게도 형상의 눈동자는 비어 있었다.

눈동자가 있어야 할 자리에는 끝을 알 수 없는 암흑이 자리 잡고 있었다.

[눈을 떠라!]

번쩍!

순간, 섬광이 터지며 담천의 의식이 또렷해졌다.

동시에 암흑이 걷히고 주변 풍경이 드러나기 시작했다.

'이곳은?'

담천의 시야에 잡힌 풍경은 생소한 곳이었다.

호리병 모양의 골짜기에 몇 채의 모옥들, 그 주변으로 바쁘게 움직이는 해륜, 해명, 도현과 사제들의 모습이 보였다.

'잠깐! 난 지금 허공에 떠 있는 것인가?'

담천은 즉시 자신의 몸을 살폈다.

한데 아무것도 보이지 않았다.

'이게 어떻게 된 것이지? 해명! 해륜!'

두 사람을 불러 보았으나, 아무런 소리도 나지 않았다.

'혹시…… 아직 혼령 상태인가?'

아무래도 그런 듯했다.

"원무스님!"

그때 해륜이 갑자기 뛰어나갔다.

시선을 돌려보니 원무가 장두와 함께 천문동으로 들어오는 모습이 보였다.

"늦어서 죄송합니다."

원무가 도현과 일행에게 고개를 숙여 인사했다.

"무사하셔서 다행입니다! 안으로 드시지요."

해명과 해륜이 원무와 장두를 데리고 모옥으로 향했다.

담천은 그들을 뒤따랐다.

"어?"

그때 장두의 시선이 마치 보이기라도 하는 듯 담천을 향했다.

'장두?'

"어? 다, 담 공자. 뭐해? 이, 이상하다."

"아참! 담 공자가 아직 죽지 않았습니다!"

장두가 고개를 갸웃거리며 중얼대자 해명이 갑자기 생각난 듯 말했다.

"정말입니까?"

원무가 눈을 동그랗게 떴다.

분명 담천의 호흡이 끊어지고 심장이 멈춘 것을 확인했기 때문이다.

"살았다고도 할 수 없지만, 분명 죽지는 않았습니다."

해명이 모옥으로 들어서며 말했다.

담천은 일행을 따라 모옥 안으로 들어갔다.

'저것은?'

방 안에는 자신의 육신이 누워 있었다.

'어느새 담천의 육신을 내 것이라고 느끼게 된 것인가?'

초유벽으로 산 세월이 담천으로 산 시간보다 훨씬 긴데도, 잠깐 산 담천의 육신이 마치 자신인 것처럼 느껴졌다.

‘그러고 보니 육신이라는 것이 얼마나 무의미 한 것이던가.’

결국 육신은 혼백을 담는 그릇에 지나지 않았다.

기억이란 것 역시 삶을 규정하는 장식에 불과할 뿐, 나라는 자아는 결국 무언가를 생각하고 의지를 갖는 것에서 생겨난다.

"아무리 봐도 살아 있다는 것이 믿어지지 않는군요."

원무의 말에 해륜과 해명이 고개를 끄덕였다.

"그렇습니다. 하지만 스승님께서 하신 말씀이니 틀림없을 것입니다. 그리고 우리는 느낄 수 없지만, 지금 담 공자의 몸 안에 혼원기가 존재하고 있다고 합니다."

해륜의 말에 원무가 신기한 눈으로 담천을 살폈다.

"다, 담 공자 시간이…… 나, 담 공자 시간 됐다."

그때 허공을 향해 고개를 끄덕이며 혼자 중얼거리던 장두가 갑자기 담천의 육신을 덥썩 끌어안는 것이 아닌가?

"장두야! 뭐하는 짓이야!"

원무가 놀라 급히 장두를 말리려 했다.

화아아아악!

순간 놀라운 일이 벌어졌다.

눈부신 광채가 터져 나오며 장두의 몸이 빛 속으로 사라지기 시작했던 것이다.

장두의 육신이 사라질수록 빛은 점점 강렬해져 갔다.

결국 눈을 뜨지 못할 정도로 강렬한 빛이 장두와 담천의 육신을 삼켜 버렸다.

"이, 이게 대체!"

일행은 갑작스런 상황에 너무 놀라 말을 잇지 못했다.

빛 속에서 어떤 일이 벌어지고 있는지조차 파악이 되지 않았다.

앞으로 움직이려 했으나, 몸은 마비가 되어 손가락 하나 움직일 수 없었다.

'대체 어떻게 된 일이지?'

담천 또한 당황스럽기는 마찬가지였다.

장두가 다른 사람들과 달리 자신을 볼 수 있는 것도 이상했고, 갑자기 자신의 육신을 끌어안은 이유도 도무지 짐작이 가지 않았다.

한데 그때였다.

우우우웅!

시야가 갑자기 빠른 속도로 좁혀지며 담천의 의식이 빛 속으로 빨려 들어갔다.

콰아잉!

동시에 머릿속에서 거대한 폭발이 일어났다.

태초에 우주가 처음 생성되던 때처럼 강력한 폭발이었다.

담천의 의식은 산산이 부서져 우주로 흩어졌다.

의식의 파편들은 빛보다 빠른 속도로 퍼져 나가 우주의 끝에 도달했다. 그곳에는 태초에 만들어진 최초의 우주가 담천을 기다리고 있었다.

그곳은 온통 혼원기로 가득했다.

혼원기의 벽이 우주의 경계를 이루고 있었다.

의식의 파편이 혼원기의 벽에 닿았다.

콰아아아앙!

순간 다시 한 번 폭발이 일어났다.

이번 폭발은 모든 것을 소멸시켰다.

별들도, 빛도, 암흑도.

공간과 시간까지도 모두 무(無)로 화해 사라져 버렸다.

번쩍!

무(無)에서 빛이 생겨났다.

빛은 어둠과 함께 태극을 이루었다.

빛과 어둠이 몸을 섞어 태극을 이루자 혼돈이 생겨났다.

혼돈은 의문을 낳고, 법칙을 잉태했다.

법칙은 물질을 만들고, 시간을 만들었다.

시간은 의식을 낳고, 의식은 생명을 탄생시켰다.

별들이 생겨나고, 태양이 생성되고 인간이 눈을 떴다.

번쩍!

"다, 담 공자!"

흐릿한 시야에 눈이 휘둥그레진 해륜의 얼굴이 잡혔다.

"다, 담 공자가 눈을 떴습니다!"

해륜이 호들갑을 떨며 밖으로 뛰쳐나갔다.

"이럴 수가!"

원무와 해명 역시 벌린 입을 다물지 못한 채 담천을 바라보고 있었다.

"정말이냐?"

도현이 후다닥 방으로 뛰어 들어왔다.

"허! 이럴 수가! 정말 깨어났구나!"

잔뜩 상기된 얼굴로 도현이 담천의 몸 이곳저곳을 살폈다.

"마신은 어찌 되었습니까?"

그때 담천이 입을 열었다.

무척 차분하고 듣기 좋은 목소리였다.

이전의 날카롭고 메마른 느낌은 온데간데없었다.

"허…… 깨어나자마자 한다는 소리가 참으로 담 공자답구만."

해명이 어이없는 얼굴로 말했다.

"깨어나서 다행일세. 한데 대체 어찌 된 일인가? 어찌 자네 몸이 혼원기로 가득 차 있는 것인가? 허, 대체 얼마나 많은 혼원기가 있는지 짐작조차 할 수 없군그래."

도현이 당혹스러운 표정으로 말했다.

본래 인간이 가질 수 없는 혼원기.

한데 지금 담천의 몸 안에는 측정이 불가할 정도로 엄청난 양의 혼원기가 있었다.

신이 아니면 불가능한 일이다.

담천은 아무 일도 없었다는 듯 자리에서 일어났다.

"윤회의 고리가 다시 이어졌을 뿐입니다."

담천의 말에 도현이 경악스러운 표정을 지었다.

"그, 그렇다면……."

윤회의 고리가 끊기지 않았다면 본래 담천은 신이 되었어야 했다.

그것은 즉, 지금 담천은 다시 신의 길에 들어섰다는 이야기였다.

"미천한 말학 도현이 궁극의 깨달음을 얻으신 분께 경하드립니다."

도현이 정중히 무릎을 꿇고 담천에게 인사를 올렸다.

"하늘이 위에 있고, 땅이 아래 있는 것이 축하받을 일입니까, 아니면 물이 낮은 데로 흐르는 것이 축하받을 일입니까. 그저 원래 그래야 할 것이 제자리로 돌아갔을 뿐입니다. 또한, 세상에 더 존귀한 존재도 없고, 미천한 존재도 없습니다. 모래알 하나도 저 대단한 천신과 다를 바

없는데 그리 예를 갖출 필요도 없습니다."

갑자기 달라진 담천의 모습에 해륜과 혜명은 멍하니 아무 말도 못하고 있었다.

그들이 알던 담천이 아니었다.

"저…… 죄송하지만 장두는 어찌 된 것인지요?"

원무가 불안한 얼굴로 물었다.

빛무리가 사라지고 나서 장두의 모습이 보이지 않았기 때문이다.

담천이 잠시 원무를 따뜻한 눈으로 바라봤다.

"내가 곧 장두이며, 담천이고, 또한 초유벽입니다."

원무가 당혹스러운 얼굴로 담천을 바라봤다.

무슨 말을 하는 것인지 이해할 수 없었던 것이다.

"그것이…… 대체?"

"본래 장두는 나와 하나였습니다. 내가 태현자의 삶을 살 때, 깨달음을 얻어 등선을 하게 되었던 것은 아시겠지요."

천혜린의 이야기를 통해 모두 알고 있는 사실이었다.

"한데 등선을 하는 순간, 천혜린이 순리를 거스르는 술법을 통해 윤회의 고리를 끊어 모든 것이 뒤틀려 버렸습니다. 등선 도중에 그런 일이 생기다 보니 깨달음을 통해 얻게 된 선기 역시 혼원기가 되지 못하고 흩어져 버렸지요."

태현자는 당시 백오십 년을 넘게 참오하여 득도한 상태였다.

당연히 엄청난 양의 선기를 몸에 가지고 있었다.

그러한 선기들은 득도의 순간 혼원기로 변하게 된다.

하지만 혼원기가 되기 직전에 천혜린의 방해를 받은 것이다.

결국 그가 가진 정순하고 신령스러운 선기들은 윤회의 고리가 끊기면서 지상으로 떨어져 나오게 됐다.

혼원기에 거의 근접한 태현자의 선기는 영성을 가지고 있었다.

"지상에 떨어진 제 선기는 시간이 흐르면서 자아를 가지게 되었습니다. 마치 마신의 파편이 진마들이 된 것처럼 말입니다."

"그, 그렇다면 장두가 바로?"

원무가 놀란 눈으로 물었다.

"그렇습니다. 장두가 곧 저에게서 떨어져 나간 선기이지요. 그래서 장두가 저를 찾아올 수 있었던 것입니다. 본래 하나이기 때문에 서로에게 인연의 끈이 연결되어 있었던 게지요."

놀라운 이야기였다.

"장두와 처음 만났을 때, 장두의 일부가 저에게 들어왔습니다. 그것은 아주 정심한 선기였지요. 혼원기가 되기 직전의 가장 순수한 선기가 제 몸에 있던 반쪽자리 혼원기, 즉, 암혼기와 만나면서 한 줌의 진정한 혼원기가 생겨날 수 있었습니다. 그야말로 아주 미미한 양이라 저 스스로도 느낄 수 없을 정도였지요."

담천의 머리속에 똬리를 틀고 있던 혼원기의 정체였다.

"하지만 그 미약한 혼원기가 결국 저를 세 번이나 살렸습니다."

첫 번째는 혈마의 기운을 흡수하던 순간이었다.

사실 담천이 암혼기의 네 번째 단계를 넘어서는 것은 마신의 계획에 없었던 일이다.

암혼기의 단계라는 것은 결국 신에 이르는 단계들이다.

네 번째 단계를 넘어서게 되면 반신의 경지에 다다른다.

자칫 거기서 큰 깨달음이라도 얻으면 곧바로 신이 되는 것이다.

물론 그것은 지난하고, 불가능한 일이었다.

하지만 본래 신이 된다는 것 자체가 불가능에 가까운 일이 아니던가.

해서 마신은 불사의 육신에 약간의 장난을 쳐 놓았다.

네 번째 단계를 넘지 못하도록 육신을 불안정하게 만들어 놓은 것이다.

원래 혈마의 기운을 흡수한 담천은 육신이 터져 나가

다시 부활해야 했다.

그렇게 되었다면 혈마의 혼만 흡수한 채 네 번째 단계는 돌파하지 못하게 된다.

그런데 혼원기의 작용으로 인해 육신이 재구성되면서 네 번째 단계를 돌파해 버린 것이다.

담천의 정체가 밝혀진 순간 혼이 흩어지지 않은 것 역시 혼원기 때문이었다.

천혜린과 마신은 그저 정체를 밝힌 것이 자신들이기 때문이라고 생각했으나, 사실 혼원기의 작용으로 인해 담천의 혼백이 흩어지지 않을 수 있었던 것이다.

마지막으로 서문유향이 죽어 혼의 그릇이 깨졌을 때, 백과 혼을 붙잡아 준 것 역시 혼원기였다.

이렇게 한 줌도 안 되는 미미한 혼원기가 담천을 살리고 마신의 계획에 변수를 가져온 것이다.

이것은 마신조차도 전혀 예상치 못한 일이었다.

담천이 신이 되는 것을 막고 영혼을 납치해 자신의 부활에 이용해 먹은 마신이었으나, 결국 모든 것을 자신의 뜻대로 만들지는 못한 것이다.

"허허, 그런 것이로군요. 하기야 이미 신의 길에 도달했던 영혼이니 혼원기를 통제하는 것도 가능했겠지요."

그제야 모든 것이 이해가 가는 듯 도현이 고개를 끄덕였다.

"마신은 아직 의창에 있습니까?"

담천이 다시 마신의 위치를 물었다.

"마신과 만날 작정이십니까?"

담천이 고개를 끄덕였다.

"세상을 뒤트는 것은 태초의 순리를 거스르는 일입니다. 순리를 거스르게 되면 반드시 그에 따른 역행(逆行)이 발생하게 되는 법입니다. 마신이 강하다 하나, 결국, 그 역행이 그의 발목을 잡을 것입니다. 어찌 보면 지금 내가 바로 그 역행의 여파이지요."

사실 벌써 죽었어야 할 담천이 오히려 천신에 가까운 모습으로 나타난 것이야말로 가장 큰 역행이라 할 수 있었다.

도현의 얼굴에 화색이 돌았다.

현재 담천의 능력은 도현으로서도 측정 불가.

신에 도달한 존재를 어찌 인간이 재단할 수 있으랴.

그런 담천이라면 마신을 상대할 수 있을지도 몰랐다.

"마신은 현재 형주에서 무한을 향해 북상하고 있는 중이라 합니다. 우리도 함께하겠습니다."

마신을 물리치는 데 조금이라도 보탬이 되고 싶었다.

"그것도 좋겠지요."

담천이 담담히 동행을 허락했다.

천사궁 제자들이 담천에게 도움이 될 가능성은 거의 없

었다. 그러나 도현과 제자들이 그리 선택했다면, 그들의 몫이다.

담천은 도현과 제자들이 어떤 위험을 당하더라도 도움을 주지는 않을 것이다.

인간의 눈으로 보면 무척 냉정하고 매정한 일이지만, 모든 일에는 인과(因果)가 있는 법이다. 인(因)을 만들었으면 과(果)가 따름이 당연한 이치다.

그것은 누가 대신해 줄 수 없는 것이며, 오로지 스스로 행하고 책임져야 한다.

모든 것을 빨아들일 것 같은 담천의 눈을 보며 도현은 두려움을 느꼈다.

담천의 눈은 어찌 보면 마신의 그것과 닮아 있었다.

"다, 담 공자……. 그대는 담 공자가 맞습니까?"

이제야 충격에서 깨어난 해륜이 떨리는 목소리로 물었다.

담천의 모습은 너무도 낯설었다.

"그대가 아는 담천은 그저 허상에 불과할 뿐. 허상에 마음을 주고 뜻을 새겨 무엇하리오."

해륜의 두 뺨에 한 줄기 눈물이 흘러내렸다.

어쩐지 마음 한가운데 커다란 구멍이 뚫린 느낌이었다.

담천이 손을 뻗어 해륜의 눈물을 닦아 주었다.

"마음을 비움도, 감정을 따르는 것도 모두 순리 안에

있음이니, 그대의 슬픔은 그만큼의 가치가 있고 무게가 있도다. 하나 그 또한 물이 흐르듯 변하고 새로워질 것이니 거스르려 하지도 집착하지도 말라."

순간 청량하고 따스한 느낌이 해륜의 가슴속을 가득 채웠다.

마치 태초에 어머니의 자궁처럼 아늑함이 해륜의 정신을 무아지경으로 이끌었다.

"아······!"

황홀경에 들어선 해륜이 자신도 모르게 탄성을 터뜨렸다.

담천과의 짧은 교감을 통해 깨달음에 이른 것이다.

"무량수불!"

도현이 도호를 외며 해륜의 각성을 축하했다.

한편으로는 부럽기도 했으나, 부질없는 욕심이었다.

같은 상황이 온다 해서 누구나 다 깨달음을 얻을 수 있는 것은 아니었다.

해륜에게 그만큼의 인연과 고뇌가 있었기에 기회가 찾아왔고, 그 기회를 자신의 것으로 승화시킬 수 있었던 것이다.

천사궁 일행과 담천은 해륜이 무아지경에서 벗어날 때까지 조용히 지켜봤다.

한 시진의 시간이 흐른 후 해륜이 눈을 떴다.

그녀의 기세는 이전과는 완전히 달라져 있었다.

부드러우면서도 안정이 되어 있었다.

"축하한다."

도현이 축하를 건넸다.

"아이고, 힘 센 사제가 이제 못난 사형을 구박하겠구나!"

해명이 앓는 소리를 냈다.

동료들의 축하에 미소로 화답한 해륜이 담천에게 고개를 돌렸다.

"신선께 감사드립니다."

담천으로 인해 한꺼번에 두 단계를 뛰어넘는 큰 은혜를 받은 것이다.

이제 해륜의 도력은 도현이나 그 사제들과 비슷했다.

거기다 깨달음을 얻었으니, 앞으로는 더욱 빨리 성장할 것이다.

"모든 게 그대의 인연이니 나에게 감사할 것은 없습니다."

여전히 담담한 목소리로 답한 담천이 천사궁 문도들을 불러 모았다.

"형주로 갈 것이니 모두 내 옆에 서시오."

해명이 겸연쩍은 얼굴로 담천의 옆에 섰다.

'그냥 출발하면 될 것을 꼭 줄까지 세워서 가야 하나?'

애들도 아니고 줄을 서는 것이 조금은 우스웠기 때문이다.

천사궁 제자들이 자신 앞에 줄을 서는 모습을 보고 담천이 미소를 지었다.

"줄을 서실 필요는 없는데……. 그럼 출발하겠습니다."

순간 갑자기 일행의 시야가 흐릿해졌다.

화아아아악!

"어엇!"

"헉!"

마치 무언가에 빨려 들어가듯 몸과 정신이 딸려 가더니 어느 순간 다시 시야가 밝아지기 시작했다.

"으억!"

눈앞에 펼쳐진 풍경에 해명이 자신도 모르게 외마디 비명을 질렀다.

분명 방금 전까지 천원동에 있었는데, 지금 그들이 있는 곳은 사방이 모래뿐인 사막이었던 것이다.

7장
마지막 결전

한편 마신은 무한으로 향하고 있었다.

중간중간 정천맹 소속 무사들이 막아섰으나, 잠시 발길을 잡는 장애물조차 되지 못했다. 일반 무인들이 마신의 능력을 감당할 수 있을 리가 없었다.

하지만 마신으로서도 상당히 귀찮은 것만은 사실이었다.

마신은 성도에서 걸음을 멈추고 천혜린과 공지를 불렀다.

"하명하옵소서!"

두 사람은 오체투지한 채 마신의 명을 기다렸다.

[너희에게 암흑의 권능을 내리겠노라. 앞으로 나타나는

인간 무리들은 너희가 처리하도록 하라!]

"주인께서 내려 주신 은혜에 감사하나이다!"

순간 검붉은 기운이 마신의 양손으로부터 쏟아져 나와 두 사람의 백회혈로 빨려 들어갔다.

화아아아악!

구우우웅!

동시에 천혜린과 공지의 몸이 허공으로 떠오르더니, 검붉은 광채를 뿜어내기 시작했다.

ㄷㄷㄷㄷㄷㄷ!

땅이 울리고 대기가 진동하기를 무려 일각.

번쩍!

허공에 떠올랐던 두 사람의 눈에서 섬광이 터져 나왔다.

"아!"

두 사람이 동시에 탄성을 터뜨렸다.

두 사람의 몸 안에는 순수하고 강력한 마기가 가득 차 있었다.

그것은 일반 마기와는 전혀 달랐다.

선기와 마찬가지로 마기도 궁극에 다다르면 혼원기로 변한다.

마기의 정화, 즉, 혼원기로 변하기 직전의 마기가 바로 그들의 몸 안에 있는 것이었다.

"미천한 종에게 큰 은혜를 내려 주시니, 황공할 따름이옵니다!"

바닥에 머리를 조아리는 두 사람의 모습을 마신은 무표정하게 바라봤다.

☯

"이, 이게 대체 여기가 어디입니까?"

눈이 휘둥그레진 해명이 물었다.

눈 깜짝할 사이에 다른 곳으로 이동한 것도 놀라운 일인데, 하필 왜 사막으로 자신들을 데려온 것인지 혼란스러울 수밖에 없었다.

"형주입니다."

이어진 담천의 말에 일행은 경악했다.

"이 황량한 사막이 형주라니……!"

도현조차도 믿어지지 않는 듯 말을 잇지 못했다.

마신이 그야말로 모든 것을 소멸시켜 버린 것이다.

"어찌 이런 일이……."

해륜 역시 안타까움을 감추지 못했다.

"마신을 빨리 잡아야겠군요. 그가 어디 있는지 알 것 같습니다."

담천이 동쪽 방향을 보며 말했다.

"그도 나를 느꼈군요. 움직임을 멈췄습니다."

마신이 일행의 움직임을 눈치챘다는 말에 해명이 침을 꿀꺽 삼켰다.

이미 마신의 무시무시한 신위를 뼈저리도록 경험한 터라 생각하는 것만으로도 두려움이 밀려왔기 때문이다.

"어차피 나와 그대가 해결해야 할 일이니, 지체할 필요는 없겠지……."

담천이 마신이 있는 곳을 보며 혼잣말을 했다.

"그대들이 함께 가고 싶다면 말리지는 않겠습니다. 하지만 선택에는 책임을 져야 할 것입니다."

담천의 말에 도현과 일행은 고개를 끄덕였다.

목숨을 잃는다 해도 그들의 사명을 완수하고 싶었다.

어찌 보면 집착에 불과할 수도 있었으나, 그것만이 천사궁을 이어 나갈 수 있었던 유일한 이유이자 버팀목이었다.

"좋소, 내 옆에 서시오."

담천이 순간이동을 하려 한다는 것을 알게 된 일행은 더 이상 줄을 서지 않았다.

화아아아악!

잠깐의 시간이 흐르고 풍경이 뒤바뀌었다.

이곳도 거의 폐허와 다름이 없었으나, 외곽 쪽에는 곳곳에 건물이나 나무들의 흔적이 아직 남아 있었다.

"여기는 어디입니까?"

워낙에 황무지에 가까운 상태라 도무지 어디에 온 것인지 알아볼 수가 없었다.

"무한에서 가까운 선도입니다. 마신이 머물고 있는 곳이지요."

드디어 마신이 있는 곳에 도착한 것이다.

일행은 긴장한 채 주변을 살폈다.

그들의 눈에는 아무것도 보이지 않았다.

그때 담천이 무언가를 느낀 듯 북동쪽을 향해 성큼 걸음을 옮겼다.

일행은 영문도 모른 채 담천의 뒤를 따랐다.

어차피 그들은 담천에게 의지할 수밖에 없는 상황이었다.

일행이 이십 장 정도 전진했을 때였다.

스스스스!

순간 공간이 일그러지며 풍경이 바뀌기 시작했다.

"이것은 결계!"

도현이 놀란 눈으로 소리쳤다.

누군가 공간을 왜곡시켜 외부와 차단한 것이다.

결계 안쪽은 빛이 거의 없는 암흑의 공간이었다.

"어서 오시지요. 기다리고 있었습니다."

결계에 들어서는 순간 여인의 목소리가 들려왔다.

곧이어 희미한 빛이 밝혀지며 여인의 정체가 드러났다.

"오랜만이에요, 담천. 그대가 살아 있다니 믿어지지 않는군요."

천혜린이 두 눈을 빛내며 말했다.

"저런 악독한 년!"

해명이 눈에 쌍심지를 켜고 천혜린을 노려봤다.

그녀가 담천에게 한 행동을 모두 들은 대다가, 서문유향의 심장을 직접 뽑아내는 것도 목격했기 때문이다.

도현과 천사궁 문도들은 천혜린의 등장에 급히 경계를 끌어 올렸다. 근처에 마신이 있다는 이야기였기 때문이다.

"마신께서 말씀하신 손님이 당신일 줄은 생각지도 못했어요. 설마, 아직도 날 미워하는 것은 아니겠지요? 후후."

요염한 미소를 지으며 천혜린이 담천을 흘겨봤다.

여전히 담천의 신경을 건드리는 그녀였지만, 전과 다르게 담천의 얼굴엔 아무런 감정도 느껴지지 않았다.

"마신은 어디 있습니까?"

천혜린의 얼굴에 이채가 일었다.

예전 같으면 욱했을 담천이 꿈쩍도 하지 않았던 것이다.

게다가 무언가 분위기도 변해 있었다.

알 수 없는 불안감이 그녀의 머리를 건드리고 있었다.

"호오…… . 살아 돌아온 것뿐 아니라 성취도 있었던 모양이로군요. 호호호, 그래서 이토록 당당하게 마신께 모습을 드러낸 것인가요? 그대는 여전히 어리석군요."

천혜린은 담천을 비웃었다.

인간이 신에게 맞서려 하다니, 그 얼마나 허황된 망상 이란 말인가.

천혜린의 조소에도 담천의 얼굴엔 조금의 변화도 없었 다.

담천이 아무런 반응도 없자 천혜린이 웃음을 멈췄다.

"주제를 알게 해 주지요. 우선 여기를 지날 수 있는지 보도록 하죠."

우우우우웅!

천혜린의 몸에서 검붉은 기운이 솟구쳐 올랐다.

"마기(魔氣)!"

해명이 긴장한 얼굴로 소리쳤다.

마기의 양도 엄청났지만, 그 순도가 지금껏 처음 접하 는 것이었다.

"저자는 우리에게 맡겨 주십시오!"

도현이 문도들과 함께 앞으로 나섰다.

"이런, 이런 방해하면 안 되지요. 공지대사 부탁드려 요."

순간 어둠 속에서 또 하나의 검붉은 광망이 터져 나왔다.

그곳에는 공지가 모습을 드러내고 있었다.

"사숙님! 대체 무엇 때문에 마신의 편에 선 것입니까!"

원무가 원망 어린 표정으로 물었다.

"우주의 모든 피조물 중에 오직 인간만이 자연에 역행하고 순리를 거스른다! 인간이야말로 세상을 오염시키는 쓰레기요, 해충들! 나는 마신의 뜻에 따라 그릇된 현 세상을 멸하고 새로운 세상을 열 것이다! 너도 나를 따르거라!"

원무는 안타까운 눈으로 공지를 바라봤다.

이미 자신의 힘으로는 그를 돌릴 수 없었다.

"자, 회포를 다 풀었으면 이제 시작해 볼까요?"

순간 천혜린의 눈에서 살기가 일었다.

위이이이이잉!

암흑 속에서 마치 벌레의 날갯짓 같은 굉음이 들려왔다.

치익! 촤악!

"크윽!"

무언가가 스치는 소리가 들리며 천사궁 제자들의 몸에서 피가 튀어 올랐다.

"모두 조심해라! 화벽(火壁)!"

도현이 진언을 외우자 거대한 불의 장벽이 생겨나 사방을 비추었다.

어둠 속에서 드러난 광경은 놀라웠다.

수백은 될 것 같은 얇은 기의 칼날들이 천사궁 문도들을 노리고 있었다.

"모두 한곳으로 모여라!"

도현이 문도들을 끌어모아 원형진을 형성했다.

사방을 방어하기에는 가장 좋은 방법이었다.

이어서 문도들이 진언을 외우자 바람과 불의 장벽이 주변을 둥글게 둘러쌌다.

퍼퍼퍼퍼펑!

기의 칼날들이 장벽과 부딪히며 터져 나갔다.

그때 공지가 허공에 수인(手印)을 맺었다.

화아아악!

그러자 암흑 속에서 백 개가 넘는 염주알들이 모습을 드러냈다.

하나하나가 검붉은 기운에 둘러싸여 있었다.

공지가 손을 뻗어 내자 염주알들이 화살처럼 쏘아져 불과 바람의 방벽을 때렸다.

콰콰콰콰콰쾅!

고작 손가락 한 마디 정도 크기밖에 되지 않는 염주알들이었지만, 마치 화탄이 터지는 듯한 위력을 가지고 있었다.

결국 천사궁 문도들이 만든 방벽은 순식간에 구멍이 나
버렸다.

"지금이라도 물러서면, 손을 쓰지 않겠습니다."

그때 담천이 너무도 담담하게 이야기했다.

공지와 천혜린 마저 움직임을 멈췄을 정도로 너무도 어
이없고 현 상황과 어울리지 않는 모습이었다.

"흥! 이제 정신까지 나간 모양이로군요."

천혜린이 눈썹을 치켜 올리며 코웃음을 쳤다.

이미 담천은 안중에도 없는 듯한 태도였다.

"놀이는 끝났으니, 이제 그만 작별을 하도록 하지요."

천혜린이 두 팔을 들어 올리자 암흑의 공간이 진동하기
시작했다.

구우우우우웅!

귀가 멍멍할 정도로 강력한 압력이 천사궁 문도들과 담
천을 압박해 왔다.

동시에 암흑 공간이 흐물거리며 형체를 이루기 시작했
다.

"마령? 어찌 저들이 마령을 사용한단 말인가!"

도현이 놀라 소리쳤다.

그것은 형주에서 마신이 사용했던 능력이 분명했다.

"주인께서 미천한 종들에게 당신의 힘을 나눠 주셨답니

다. 호호호호. 잘 가세요!"

순간 마령들이 일행을 덮쳤다.

그르르르! 크우우우!

그때였다.

담천이 한 발 앞으로 걸음을 옮겼다.

쿠우우웅!

그러자 마치 시간이 정지한 듯 모든 움직임이 멈추었다.

쉬아아악!

동시에 담천을 중심으로 기의 파동이 동심원을 그리며 퍼져 나갔다. 마치 마신의 아수라파천보를 보는 듯했다.

쩌어어어엉!

공간이 찢겨 나가는 굉음과 함께 주변을 메웠던 마령들이 한순간에 연기가 되어 사라져 버렸다.

형주에서 수많은 요마들과 천사궁 문도들을 패퇴시켰던 마령을 담천이 단 일수만으로 파괴한 것이다.

천혜린과 공지가 경악스러운 얼굴로 담천을 바라봤다.

이미 담천이 신의 경지에 도달했음을 알고 있는 천사궁 사람들 역시 입을 다물지 못했다.

담천에게 희망은 걸었을지언정 너무도 강한 마신을 이기리란 확신을 갖지 못했던 것이다.

하지만 이제 그들의 머릿속에는 조금씩 승리에 대한 믿

음이 싹트고 있었다.

"어, 어떻게 마령을!"

천혜린이 충격에 말을 더듬었다.

그녀는 전지전능한 자신의 주인이 내려 준 능력이 이렇게 쉽게 파괴되었다는 사실을 믿을 수 없었다.

그녀는 속으로 부인했다.

이것은 분명 자신의 능력이 미약해서 발생한 것이지, 결코 마령이 담천에게 파괴된 것이 아니라고 스스로에게 말했다.

하지만 그렇다 해도 담천의 능력은 놀라운 것이었다.

현재 천혜린과 공지의 힘은 죽기 전 혈마를 넘어서고 있었다.

한데, 담천은 그것을 너무도 쉽게 파괴해 버린 것이다.

"그대들이 믿는 신 역시 우주의 의지 중 한 부분일 뿐. 의지와 의지가 만나면 둘 중 하나는 소멸하는 법. 오직 더 순수한 의지만이 영속되고 자존할 수 있습니다."

"흥! 무슨 헛소리냐!"

천혜린의 목소리가 거칠어졌다.

그녀의 얼굴은 잔뜩 일그러져 있었다.

"내가 서문유향의 심장을 뽑을 때 징징대며 나를 저주하던 네놈이 이제 무슨 빌어먹을 도인 행세를 하는 것이냐!"

절대적인 믿음에 금이 가고, 그녀의 정신 역시 흔들리고 있었다.

"순리를 거스르는 무리는 결국 반리(反理)에 의해 본래 있어야 할 곳으로 돌아갈 것입니다."

번쩍!

순간 담천의 두 눈에서 황금빛 광망이 터져 나왔다.

"아악!"

"크으윽!"

동시에 공지와 천혜린의 육신이 손끝에서부터 먼지로 화해 허공으로 흩어졌다.

"이, 이것이 무엇이냐! 네, 네놈이…… 아악!"

천혜린이 공포에 질린 눈으로 미친 듯이 비명을 질러 댔다.

"크으으! 신이시여! 왜 더러운 인간들을 벌하지 않나이까!"

허공을 향해 울부짖던 공지가 흔적도 없이 허공으로 흩어져 버렸다.

곧이어 악을 쓰던 천혜린 역시 먼지가 되어 사라졌다.

이 모든 일이 일어나는 동안 담천은 그저 한 걸음을 움직였을 뿐이다.

"무량수불!"

도현이 도호를 외며 담천에게 고개를 숙였다.

담천이야말로 인간 앞에 현신한 신임을 이제 확실히 실감할 수 있었던 것이다.

천사궁 문도들이 경건한 모습으로 담천에게 머리를 조아렸다.

담천은 그들의 반응을 상관하지 않고 앞으로 나아갔다.

이제 마신을 만날 때가 온 것이다.

스스스스스!

주변의 어둠이 어쩐지 점점 더 짙어지는 느낌이었다.

하지만 담천은 전혀 개의치 않았다.

걸음을 옮기던 담천이 어느 순간 움직임을 멈췄다.

"그들이 나를 막을 수 없다는 것을 잘 알고 있었을 테지요?"

담천이 어둠을 향해 말했다.

[물론!]

그러자 어둠 속에서 목소리가 들려왔다.

[어차피 그들 역시 현 세상의 찌꺼기에 불과하다. 새 세상을 창조하기 위해서는 없어져야 할 것 중 하나일 뿐.]

결국 천혜린과 공지 역시 마신에게 이용당한 장기 말에 불과했다.

"이제 모든 것을 끝낼 순간이 왔습니다."

담천이 무심한 눈빛으로 말했다.

[정말 놀랍군. 나의 예상을 벗어난 존재라니.]

암흑 속에서 마신이 모습을 드러냈다.

여전히 서문광천의 껍질을 쓰고 있었다.

[어떻게 된 것일까? 모든 것이 계획대로 조금의 어긋남도 없이 진행되었는데…….]

마신이 고개를 갸웃거리며 담천을 바라봤다.

본래 신이란 감정이 없는 존재다.

한데 지금 마신은 호기심을 느끼고 있었다.

"본래 계획이란 것은 시간에 기초를 두고 시작과 끝을 잇는 것입니다. 하지만 그대나 나는 시간을 벗어난 존재들. 우리에게 계획이란 언제든 바뀔 수 있고, 어긋날 수 있는 좌표에 불과합니다."

마신이 눈살을 찌푸렸다.

무언가 어긋났다.

자신도 어긋나 있었다.

신에게 감정이라니.

담천이라는 계획을 벗어난 존재가 모든 것을 어긋나게 만들고 있었다.

[어째서 그대는 천신이 되어 내 앞에 나타날 수 있었던 것인가?]

의문이 풀리지 않는지 마신이 다시 한 번 물었다.

"마신이란 존재는 본래 순리를 거스르는 존재가 아니라 순리의 또 다른 이면(裏面)입니다. 원래대로라면 그대와

내가 이렇듯 대립할 이유도 없습니다. 한데 지금 그대는
순리 자체를 뒤틀려 하고 있습니다. 그것은 영겁의 시간
동안 당신의 의지가 조금씩 병들었기 때문입니다. 그곳에
서 시작된 작은 균열이 결국 순리를 뒤틀게 되었고, 그
반동(反動)으로 제가 창조된 것입니다. 하니, 우리는 결
국 마지막 순간에 만날 수밖에 없었던 것이지요."

[하하하하하! 헛소리! 이제 그따위 말장난은 그만하도
록 하지! 결국, 그대와 나 둘 중 하나는 사라져야 하니
어서 끝을 보도록 하지!]

화아아아악!

마신이 앞으로 걸음을 옮기며 아수라파천보가 펼쳐졌
다.

동시에 담천도 그에 맞서 한 걸음을 내딛었다.

지이잉!

기파와 기파가 부딪히며 마치 칼과 칼이 갈리는 듯한
소리가 났다.

[제법이군!]

마신의 입가에 광기 어린 미소가 걸렸다.

형주에서 보았던 무표정한 그와는 전혀 다른 모습이었다.

[여기까지 왔다면, 마령도 소용없다는 이야기겠지. 그
렇다면 이건 어떨까?]

츠츠츠츠츠!

마신의 육신 주위로 검붉은 운무(雲霧)가 피어났다.

운무는 점점 짙어져 마신의 육신을 둘러쌌다.

[쓸데없는 능력들로 시간을 끌고 싶지 않으니, 단숨에 승부를 보도록 하지!]

마치 마신의 육신 전체가 거대한 검붉은 광구가 된 듯한 모습이었다.

"그것도 좋겠지요."

후우우웅!

담천이 혼원기를 끌어 올렸다.

동시에 담천의 육신에서 황금빛 광채가 마치 수정 결정처럼 줄기줄기 솟구쳐 나왔다.

그때 마신이 움직였다.

온몸을 검붉은 기운으로 둘러싼 마신이 담천을 향해 돌진했다.

공간을 모두 삼켜 버릴 듯이 이글거리는 검붉은 광구가 담천의 황금빛 수정 결정들과 만났다.

콰앙! 쾅!

검붉은 구와 황금빛 구가 어둠 속에서 교차하며 수차례 맞부딪혔다.

그때마다 공간이 터져 나갈 듯한 충격파가 터져 나왔다.

천사궁 문도들은 숨을 죽이며 두 존재의 대결을 지켜봤다.

그들의 눈에는 그저 빛이 번쩍번쩍 하는 것밖에 보이질

않았다. 그저 담천이 이기길 바라며 기도하는 것이 그들이 할 수 있는 전부였다.

백 합이 넘게 서로 부딪히던 검붉은 광구와 황금빛 광구가 어느 순간 강렬한 섬광과 함께 터져 나갔다.

번쩍!

소리조차 폭발에 빨려 들어가 잠시 동안 아무것도 들리지 않을 정도로 강력한 폭발이었다.

그리고 두 개의 빛이 사라졌다.

"함께 가 보자!"

도현은 문도들과 함께 폭발이 일어난 곳으로 향했다.

점점 다가갈수록 희미한 형체가 보이기 시작했다.

"다, 담 공자입니까?"

해명이 떨리는 목소리로 물었다.

하지만 형체는 아무런 대답도 없었다.

"이런!"

모습을 드러낸 형체의 정체를 확인한 도현이 눈을 부릅떴다.

어둠 속에 우두커니 서 있는 존재는 바로 서문광천이었던 것이다.

그의 몰골은 처참했다. 오른쪽 팔은 반쯤 뜯겨 나가 덜렁거렸고, 가슴에는 커다란 구멍이 뚫려 있었다.

하지만 눈빛만은 또렷하게 살아 있어서 감히 가까이 갈

엄두가 나지 않았다.

게다가 자세히 살펴보니 육신에 난 상처들이 점점 재생되고 있었다.

"아…… 결국, 모든 것이 끝났구나……."

도현이 그 자리에 주저앉았다.

그 어디에도 담천의 모습은 보이지 않았다.

그렇다면 결국 마신이 승리한 것이다.

그것은 곧 세상의 멸망을 뜻했다.

해륜과 해명 역시 허망한 표정으로 자리에 주저앉았다.

마신이 눈앞에 있음에도 이젠 공포나 두려움조차 들지 않았다.

어차피 모두 끝났다 생각하니 오히려 마음이 편안해졌다.

그때 마신이 그들에게 고개를 돌렸다.

'이제 죽는 것인가?'

일행은 눈을 감고 마지막을 기다렸다.

화아아아악!

그때, 갑자기 주변이 환하게 밝아졌다.

놀란 일행이 눈을 떴다.

"어? 결계가?"

원무가 천장 쪽을 가리키며 소리쳤다.

결계에 구멍이 생겨나며 빛이 들어오고 있었다.

구멍은 여기저기서 생겨났다.

"한데, 마신은?"

결계가 사라지고 있는데, 왜 마신은 가만히 있는 것일까 의문이 들었다. 게다가 아직 자신들이 살아 있다는 사실 역시 의이했다.

해륜의 시선이 마신에게 향했다.

마신은 뒷짐을 진채 결계가 사라지는 것을 바라보고 있었다.

묘한 이질감이 해륜의 머릿속을 간지럽혔다.

"대체……."

해륜이 눈을 가늘게 뜨고 마신을 바라봤다.

마신의 얼굴에는 이전과 다른 부드러움이 묻어나고 있었다.

그때 마신이 고개를 돌리며 말했다.

"이제야 모든 것이 순리대로 돌아갔습니다."

모두의 시선이 동시에 마신 아니, 서문광천에게로 향했다.

분명 지금 그의 목소리는 마신이 아닌 서문광천의 것이었다.

"서, 서문 벌주?"

멍한 얼굴로 해명이 물었다.

"아…… 오해하실 수도 있겠군요. 나는 여러분이 담천이라 생각했던 존재입니다. 지금은 서문광천의 몸으로 옮겨 온 상황이지요."

모두가 어리둥절한 얼굴로 서로를 바라봤다.

이게 도대체 무슨 말인가.

머릿속이 혼란스러웠다.

그때 담천의 목소리가 이어졌다.

"마신과의 마지막 격돌 순간, 우리는 서로 최후의 일격을 날렸습니다. 마신이 날린 강력한 일격에 담천의 육신은 가루가 되어 사라졌지요."

그렇다면 담천이 패한 것이 아닌가? 한데, 어찌 서문광천의 몸에 들어가 있단 말인가.

"하지만 내가 날린 마지막 일격은 마신의 육신을 노리지 않고 그의 영혼을 날려 버렸습니다."

사건의 정황은 이랬다.

마신과 담천은 최후의 순간 서로에게 가장 치명적인 일격을 날렸다.

하지만 두 존재의 선택이 마지막을 갈랐다.

모든 것을 멸하려 한 마신은 담천의 육신을 가루로 만들어 버린 반면, 담천은 마지막 순간 마신의 영혼에 강력한 일격을 날렸다.

결국, 서문광천의 육신에 머물던 마신의 영혼은 산산이 흩어져 버렸고, 그 짧은 시간 동안 담천은 주인이 없는 서문광천의 육신으로 들어간 것이다.

"무량수불!"

자초지종을 알게 된 일행은 환호했다.

드디어 마신을 물리친 것이다.

"마신은 그럼 영원히 사라진 것입니까?"

해명이 들뜬 목소리로 물었다.

"신은 소멸하지 않습니다. 그저 혼이 흩어졌을 뿐이지요. 지금은 유계에 흩어져 있는 상태이니 다시 힘을 얻어 부활을 하려면 상당한 시간이 걸릴 것입니다. 그리고 부활을 한다 해도 다시 세상에 내려올지는 알 수 없습니다. 정상적이라면 마신을 다시 이 땅에서 볼 일은 없겠지요."

그야말로 좋은 소식이었다.

"정말 감사합니다!"

문도들이 너도나도 담천에게 감사를 전했다.

"이제 이 세상에서 제가 할 일은 모두 끝났습니다."

"그, 그럼 앞으로 어쩌실 작정입니까?"

마치 작별을 고하는 듯한 담천의 말투에 해명이 조심스럽게 물었다.

"윤회의 고리가 이어졌으니, 순리에 따라 제자리로 돌아가야겠지요."

"천계로 오르시는 겁니까?"

담천이 담담히 고개를 끄덕였다.

"무량수불! 부디 어리석은 인간들을 보살펴 주십시오."

도현이 합장을 한채 도호를 외우자 담천은 엷은 미소를

지었다.

순간, 담천—서문광천—의 머리 위로 빛나는 형상이 떠오르기 시작했다.

그 모습은 담천이기도 했고, 초유벽이기도 했고, 또한 태현자이기도 했다.

도현의 눈에는 깨달음을 얻은 태현자로 보였으며, 해명의 눈에는 천혜린에게 이용당해 모든 것을 잃은 불쌍한 초유벽으로 보였다.

형상은 점점 하늘로 올라 한 점 빛이 되어 사라져 갔다.

미소를 머금은 해륜이 따뜻한 시선으로 허공으로 사라지는 담천의 뒷모습을 지켜봤다.

〈『봉마록』 完〉

붕마록

1판 1쇄 찍음 2014년 5월 26일
1판 1쇄 펴냄 2014년 5월 29일

지은이 | 기억의 주인
펴낸이 | 정 필
펴낸곳 | 도서출판 **뿔미디어**

편집장 | 이재권
기획 · 편집 | 윤영상

출판등록 | 2002년 9월 11일 (제1081-1-132호)
주소 | 경기도 부천시 원미구 상동로 117번길 49(상동) 503호 (우)420-861
전화 | 032)651-6513 / 팩스 032)651-6094
E-mail | bbulmedia@hanmail.net
홈페이지 | http://bbulmedia.com

값 8,000원

ISBN 979-11-315-1977-6 04810
ISBN 978-89-6775-526-3 04810 (세트)

도서출판 뿔미디어 홈페이지 OPEN!!

안녕하세요.
지금껏 저희 뿔미디어를 응원해 주신
독자님들의 성원에 힘입어
이번에 새롭게 홈페이지를 오픈하였습니다.

저희 뿔미디어는 홈페이지에서 독자님들께서
보다 빠른 출간 소식과 미리보기 등
알찬 내용을 제공하기 위해 많은 노력을 기울였습니다.
또한 독자님들에게 도서 할인, 이벤트 등
다양한 혜택을 제공하고자 합니다.

저희 뿔미디어 홈페이지 오픈을 계기로
한층 더 독자님들과 가까워질 수 있는 기회가 되었으면 합니다.

보다 많은 관심과 사랑 부탁드리며,
앞으로도 더 좋은 컨텐츠 제공에 힘쓰도록 하겠습니다.

감사합니다.

-도서출판 뿔미디어 올림-

www.bbulmedia.com

www.bbulmedia.com

www.bbulmedia.com